АХМАДУЛИНА

1937–2010

Белла
АХМАДУЛИНА

Прощай, любить не обязуйся...

Стихотворения

АЗБУКА

Санкт-Петербург

УДК 821.161.1
ББК 84(2Рос-Рус)6-5
А 95

Серийное оформление Вадима Пожидаева

Оформление обложки Валерия Гореликова

Ахмадулина Б.

А 95 Прощай, любить не обязуйся... : стихотворения / Белла Ахмадулина. — СПб. : Азбука, Азбука-Аттикус, 2017. — 288 с. — (Азбука-классика).

ISBN 978-5-389-04460-9

«Сокровищем русской поэзии» и «лучшим в русском языке» назвал Беллу Ахмадулину Иосиф Бродский, открывая ее поэтический вечер в американском Амхерст-колледже. Обаяние творчества Ахмадулиной уже более полувека подчиняет себе ценителей истинной поэзии, даря им радость соприкосновения с «гармонией смысла, звуков, красок, мироощущений» (Б. Окуджава).

В настоящем издании представлены стихотворения разных лет, в большинстве своем известные и давно полюбившиеся читателям.

УДК 821.161.1
ББК 84(2Рос-Рус)6-5

ISBN 978-5-389-04460-9

* * *

Дождь в лицо и ключицы,
и над мачтами гром.
Ты со мной приключился,
словно шторм с кораблем.

То ли будет, другое...
Я и знать не хочу —
разобьюсь ли о горе
или в счастье влечу.

Мне и страшно, и весело,
как тому кораблю...
Не жалею, что встретила.
Не боюсь, что люблю.

1955

ЦВЕТЫ

Цветы росли в оранжерее.
Их охраняли потолки.
Их корни сытые жирели
и были лепестки тонки.

Им подсыпали горький калий
и множество других солей,
чтоб глаз анютин желто-карий
смотрел круглей и веселей.

Цветы росли в оранжерее.
Им дали света и земли
не потому, что их жалели
или надолго берегли.

Их дарят празднично на память,
но мне — мне страшно их судьбы,
ведь никогда им так не пахнуть,
как это делают сады.

Им на губах не оставаться,
им не раскачивать шмеля,
им никогда не догадаться,
что значит мокрая земля.

1956

НЕВЕСТА

Хочу я быть невестой,
красивой, завитой,
под белою навесной
застенчивой фатой.

Чтоб вздрагивали руки
в колечках ледяных,
чтобы сходились рюмки
во здравье молодых.

Чтоб каждый мне поддакивал,
пророчил сыновей,
чтобы друзья с подарками
стеснялись у дверей.

Сорочки в целлофане,
тарелки, кружева...
Чтоб в щеку целовали,
пока я не жена.

Платье мое белое
заплакано вином,
счастливая и бедная
сижу я за столом.

Страшно и заманчиво
то, что впереди.
Плачет моя мамочка, —
мама, погоди.

...Наряд мой боярский
скинут на кровать.
Мне хорошо бояться
тебя поцеловать.

Громко стулья ставятся
рядом, за стеной...
Что-то дальше станется
с тобою и со мной?..

1956

* * *

О, еще с тобой случится
все — и молодость твоя.
Когда спросишь: «Кто стучится?» —
Я отвечу: «Это я!»

Это я! Ах, поскорее
выслушай и отвори.
Стихнули и постарели
плечи бедные твои.

Я нашла тебе собрата —
листик с веточки одной.
Как же ты стареть собрался,
не советуясь со мной!

Ах, да вовсе не за этим
я пришла сюда одна.
Это я — ты не заметил.
Это я, а не она.

Над примятою постелью,
в сумраке и тишине,
я оранжевой пастелью
рисовала на стене.

Рисовала сад с травою,
человечка с головой,
чтобы ты спросил с тревогой:
«Это кто еще такой?»

Я отвечу тебе строго:
«Это я, не спорь со мной.
Это я — смешной и стройный
человечек с головой».

Поиграем в эту шалость
и расплачемся над ней.
Позабудем мою жалость,
жалость к старости твоей.

Чтоб ты слушал и смирялся,
становился молодой,
чтобы плакал и смеялся
человечек с головой.

1957

* * *

Не уделяй мне много времени,
вопросов мне не задавай.
Глазами добрыми и верными
руки моей не задевай.

Не проходи весной по лужицам,
по следу следа моего.
Я знаю — снова не получится
из этой встречи ничего.

Ты думаешь, что я из гордости
хожу, с тобою не дружу?
Я не из гордости — из горести
так прямо голову держу.

1957

МАЗУРКА ШОПЕНА

Какая участь нас постигла,
как повезло нам в этот час,
когда бегущая пластинка
одна лишь разделяла нас!

Сначала тоненько шипела,
как уж, изъятый из камней,
но очертания Шопена
приобретала все слышней.

И забирала круче, круче,
и обещала: быть беде,
и расходились эти кру́ги,
как будто кру́ги по воде.

И тоненькая, как мензурка
внутри с водицей голубой,
стояла девочка-мазурка,
покачивая головой.

Как эта, с бедными плечами,
по-польски личиком бела,
разведала мои печали
и на себя их приняла?

Она протягивала руки
и исчезала вдалеке,
сосредоточив эти звуки
в иглой исчерченном кружке.

1958

* * *

По улице моей который год
звучат шаги — мои друзья уходят.
Друзей моих медлительный уход
той темноте за окнами угоден.

Запущены моих друзей дела,
нет в их домах ни музыки, ни пенья,
и лишь, как прежде, девочки Дега
голубенькие оправляют перья.

Ну что ж, ну что ж, да не разбудит страх
вас, беззащитных, среди этой ночи.
К предательству таинственная страсть,
друзья мои, туманит ваши очи.

О одиночество, как твой характер крут!
Посверкивая циркулем железным,
как холодно ты замыкаешь круг,
не внемля увереньям бесполезным.

Так призови меня и награди!
Твой баловень, обласканный тобою,
утешусь, прислонясь к твоей груди,
умоюсь твоей стужей голубою.

Дай стать на цыпочки в твоем лесу,
на том конце замедленного жеста
найти листву, и поднести к лицу,
и ощутить сиротство, как блаженство.

Даруй мне тишь твоих библиотек,
твоих концертов строгие мотивы,
и — мудрая — я позабуду тех,
кто умерли или доселе живы.

И я познаю мудрость и печаль,
свой тайный смысл доверят мне предметы.
Природа, прислонясь к моим плечам,
объявит свои детские секреты.

И вот тогда — из слез, из темноты,
из бедного невежества былого
друзей моих прекрасные черты
появятся и растворятся снова.

1959

НЕЖНОСТЬ

Так ощутима эта нежность,
вещественных полна примет.
И нежность обретает внешность
и воплощается в предмет.

Старинной вазою зеленой
вдруг станет на краю стола,
и ты склонишься удивленный
над чистым омутом стекла.

Встревожится квартира ваша,
и будут все поражены.
— Откуда появилась ваза? —
ты строго спросишь у жены. —

И антиквар какую плату
спросил? —
О, не кори жену —
то просто я смеюсь и плачу
и в отдалении живу.

И слезы мои так стеклянны,
так их паденья тяжелы,
они звенят, как бы стаканы,
разбитые средь тишины.

За то, что мне тебя не видно,
а видно — так на полчаса,
я безобидно и невинно
свершаю эти чудеса.

Вдруг облаком тебя покроет,
как в горних высях повелось.
Ты закричишь: — Мне нет покою!
Откуда облако взялось?

Но суеверно, как крестьянин,
не бойся, «чур» не говори —
то нежности моей кристаллы
осели на плечи твои.

Я так немудрено и нежно
наколдовала в стороне,
и вот образовалось нечто,
напоминая обо мне.

Но по привычке добрых бестий,
опять играя в эту власть,
я сохраню тебя от бедствий
и тем себя утешу всласть.

Прощай! И занимайся делом!
Забудется игра моя.
Но сказки твоим малым детям
останутся после меня.

1959

ТВОЙ ДОМ

Твой дом, не ведая беды,
меня встречал и в щеку чмокал.
Как будто рыба из воды,
сервиз выглядывал из стекол.

И пес выскакивал ко мне,
как галка, маленький, орущий,
и в беззащитном всеоружье
торчали кактусы в окне.

От неурядиц всей земли
я шла озябшим делегатом,
и дом смотрел в глаза мои
и добрым был и деликатным.

На голову мою стыда
он не навлек, себя не выдал.
Дом клялся мне, что никогда
он этой женщины не видел.

Он говорил: — Я пуст. Я пуст. —
Я говорила: — Где-то, где-то... —
Он говорил: — И пусть. И пусть.
Входи и позабудь про это.

О, как боялась я сперва
платка или иной приметы,
но дом твердил свои слова,
перетасовывал предметы.

Он заметал ее следы.
О, как он притворился ловко,
что здесь не падало слезы,
не облокачивалось локтя.

Как будто тщательный прибой
смыл все: и туфель отпечатки,
и тот пустующий прибор,
и пуговицу от перчатки.

Все сговорились: пес забыл,
с кем он играл, и гвоздик малый
не ведал, кто его забил,
и мне давал ответ туманный.

Так были зеркала пусты,
как будто выпал снег и стаял.
Припомнить не могли цветы,
кто их в стакан граненый ставил...

О дом чужой! О милый дом!
Прощай! Прошу тебя о малом:
не будь так добр. Не будь так добр.
Не утешай меня обманом.

1959

* * *

Нас одурачил нынешний сентябрь
с наивностью и хитростью ребенка.
Так повезло раскинутым сетям —
мы бьемся в них, как мелкая рыбешка.

Нет выгоды мне видеться с тобой.
И без того сложны переплетенья.
Но ты проходишь, головой седой
оранжевые трогая растенья.

Я говорю на грани октября:
— О, будь неладен, предыдущий месяц.
Мне надобно свободы от тебя,
и торжества, и празднества, и мести.

В глазах от этой осени пестро.
И, словно на уроке рисованья,
прилежное пишу тебе письмо,
выпрашивая расставанья.

Гордилась я, и это было зря.
Опровергая прошлую надменность,
прошу тебя: не причиняй мне зла!
Я так на доброту твою надеюсь.

1959

* * *

Влечет меня старинный слог.
Есть обаянье в древней речи.
Она бывает наших слов
и современнее и резче.

Вскричать: «Полцарства за коня!» —
какая вспыльчивость и щедрость!
Но снизойдет и на меня
последнего задора тщетность.

Когда-нибудь очнусь во мгле,
навеки проиграв сраженье,
и вот придет на память мне
безумца древнего решенье.

О, что полцарства для меня!
Дитя, наученное веком,
возьму коня, отдам коня
за полмгновенья с человеком,

любимым мною. Бог с тобой,
о конь мой, конь мой, конь ретивый.
Я безвозмездно повод твой
ослаблю — и табун родимый

нагонишь ты, нагонишь там,
в степи пустой и порыжелой.
А мне наскучил тарарам
этих побед и поражений.

Мне жаль коня! Мне жаль любви!
И на манер средневековый
ложится под ноги мои
лишь след, оставленный подковой.

1959

* * *

Я думала, что ты мой враг,
что ты беда моя тяжелая,
а ты не враг, ты просто враль,
и вся игра твоя — дешевая.

На площади Манежной
бросал монету в снег.
Загадывал монетой,
люблю я или нет.

И шарфом ноги мне обматывал
там, в Александровском саду,
и руки грел, а все обманывал,
все думал, что и я солгу.

Кружилось надо мной вранье,
похожее на воронье.

Но вот в последний раз прощаешься,
в глазах ни сине, ни черно.
О, проживешь, не опечалишься,
а мне и вовсе ничего.

Но как же все напрасно,
но как же все нелепо!
Тебе идти направо.
Мне идти налево.

1950-е

* * *

Чем отличаюсь я от женщины с цветком,
от девочки, которая смеется,
которая играет перстеньком,
а перстенек ей в руки не дается?

Я отличаюсь комнатой с обоями,
где так сижу я на исходе дня
и женщина с манжетами собольими
надменный взгляд отводит от меня.

Как я жалею взгляд ее надменный,
и я боюсь, боюсь ее спугнуть,
когда она над пепельницей медной
склоняется, чтоб пепел отряхнуть.

О, Господи, как я ее жалею,
плечо ее, понурое плечо,
и беленькую тоненькую шею,
которой так под мехом горячо!

И я боюсь, что вдруг она заплачет,
что губы ее страшно закричат,
что руки в рукава она запрячет
и бусинки по полу застучат...

1950-е

НОВАЯ ТЕТРАДЬ

Смущаюсь и робею пред листом
бумаги чистой.
Так стоит паломник
у входа в храм.
Пред девичьим лицом
так опытный потупится поклонник.

Как будто школьник, новую тетрадь
я озираю алчно и любовно,
чтобы потом пером ее терзать,
марая ради замысла любого.

Чистописанья сладостный урок
недолог. Перевернута страница.
Бумаге белой нанеся урон,
бесчинствует мой почерк и срамится.

Так в глубь тетради, словно в глубь лесов,
я безрассудно и навечно кану,
одна среди сияющих листов
неся свою ликующую кару.

1960

СНЫ О ГРУЗИИ

Сны о Грузии — вот радость!
И под утро так чиста
виноградовая сладость,
осенившая уста.
Ни о чем я не жалею,
ничего я не хочу —
в золотом Свети-Цховели
ставлю бедную свечу.
Малым камушкам во Мцхета
воздаю хвалу и честь.
Господи, пусть будет это
вечно так, как ныне есть.
Пусть всегда мне будут в новость
и колдуют надо мной
родины родной суровость,
нежность родины чужой.

1960

СВЕЧА

Геннадию Шпаликову

Всего-то — чтоб была свеча,
свеча простая, восковая,
и старомодность вековая
так станет в памяти свежа.

И поспешит твое перо
к той грамоте витиеватой,
разумной и замысловатой,
и ляжет на душу добро.

Уже ты мыслишь о друзьях
все чаще, способом старинным,
и сталактитом стеариным
займешься с нежностью в глазах.

И Пушкин ласково глядит,
и ночь прошла, и гаснут свечи,
и нежный вкус родимой речи
так чисто губы холодит.

1960

АПРЕЛЬ

Вот девочки — им хочется любви.
Вот мальчики — им хочется в походы.
В апреле изменения погоды
объединяют всех людей с людьми.

О новый месяц, новый государь,
так ищешь ты к себе расположенья,
так ты бываешь щедр на одолженья,
к амнистиям склоняя календарь.

Да, выручишь ты реки из оков,
приблизишь ты любое отдаленье,
безумному даруешь просветленье
и исцелишь недуги стариков.

Лишь мне твоей пощады не дано.
Нет алчности просить тебя об этом.
Ты спрашиваешь — медлю я с ответом
и свет гашу, и в комнате темно.

1960

ПРОЩАНИЕ

А напоследок я скажу:
прощай, любить не обязуйся.
С ума схожу. Иль восхожу
к высокой степени безумства.

Как ты любил? — ты пригубил
погибели. Не в этом дело.
Как ты любил? — ты погубил,
но погубил так неумело.

Жестокость промаха... О, нет
тебе прощенья. Живо тело
и бродит, видит белый свет,
но тело мое опустело.

Работу малую висок
еще вершит. Но пали руки,
и стайкою, наискосок,
уходят запахи и звуки.

1960

* * *

Веничке Ерофееву

Кто знает — вечность или миг
мне предстоит бродить по свету.
За этот миг иль вечность эту
равно благодарю я мир.

Что б ни случилось, не кляну,
а лишь благословляю легкость:
твоей печали мимолетность,
моей кончины тишину.

1960

ДЕКАБРЬ

Мы соблюдаем правила зимы.
Играем мы, не уступая смеху
и придавая очертанья снегу,
приподнимаем белый снег с земли.

И будто бы предчувствуя беду,
прохожие толпятся у забора,
снедает их тяжелая забота:
а что с тобой имеем мы в виду?

Мы бабу лепим – только и всего.
О, это торжество и удивленье,
когда и высота и удлиненье
зависят от движенья твоего.

Ты говоришь: – Смотри, как я леплю. –
Действительно, как хорошо ты лепишь
и форму от бесформенности лечишь.
Я говорю: – Смотри, как я люблю.

Снег уточняет все свои черты
и слушается нашего приказа.
И вдруг я замечаю, как прекрасно
лицо, что к снегу обращаешь ты.

Проходим мы по белому двору,
прохожих мимо, с выраженьем дерзким.
С лицом таким же пристальным и детским,
любимый мой, всегда играй в игру.

Поддайся его долгому труду,
о моего любимого работа!
Даруй ему удачливость ребенка,
рисующего домик и трубу.

1960

* * *

Жила в позоре окаянном,
а все ж душа — белым-бела.
Но если кто-то океаном
и был — то это я была.

О, мой купальщик боязливый!
Ты б сам не выплыл — это я
волною нежной и брезгливой
на берег вынесла тебя.

Что я наделала с тобою!
Как позабыла в той беде,
что стал ты рыбой голубою,
взлелеянной в моей воде!

Я за тобой приливом белым
вернулась. Нет за мной вины.
Но ты в своем испуге бедном
отпрянул от моей волны.

И повторяют вслед за мною,
и причитают все моря:
о, ты, дитя мое родное,
о, бедное — прости меня.

1960–1961

* * *

О, мой застенчивый герой,
ты ловко избежал позора.
Как долго я играла роль,
не опираясь на партнера!

К проклятой помощи твоей
я не прибегнула ни разу.
Среди кулис, среди теней
ты спасся, незаметный глазу.

Но в этом сраме и бреду
я шла пред публикой жестокой —
все на беду, все на виду,
все в этой роли одинокой.

О, как ты гоготал, партер!
Ты не прощал мне очевидность
бесстыжую моих потерь,
моей улыбки безобидность.

И жадно шли твои стада
напиться из моей печали.
Одна, одна — среди стыда
стою с упавшими плечами.

Но опрометчивой толпе
герой действительный не виден.
Герой, как боязно тебе!
Не бойся, я тебя не выдам.

Вся наша роль — моя лишь роль.
Я проиграла в ней жестоко.
Вся наша боль — моя лишь боль.
Но сколько боли. Сколько. Сколько.

1960–1961

* * *

Смотрю на женщин, как смотрели встарь,
с благоговением и выжиданьем.
О, как они умеют сесть, и встать,
и голову склонить над вышиваньем.

Но ближе мне могучий род мужчин,
раздумья их, сраженья и проказы.
Склоненные под тяжестью морщин,
их лбы так величавы и прекрасны.

Они — воители, творцы наук и книг.
Настаивая на высоком сходстве,
намереваюсь приравняться к ним
я в мастерстве своем и благородстве.

Я — им чета. Когда пришла пора,
присев на покачнувшиеся нары,
я, запрокинув голову, пила,
чтобы не пасть до разницы меж нами.

Нам выпадет один почет и суд,
работавшим толково и серьезно.
Обратную разоблачая суть,
как колокол, звенит моя сережка.

И в звоне том — смятенье и печаль,
незащищенность детская и слабость.
И доверяю я мужским плечам
неравенства томительную сладость.

1960–1961

* * *

Так и живем — напрасно маясь,
в случайный веруя навет.
Какая маленькая малость
нас может разлучить навек.

Так просто вычислить, прикинуть,
что без тебя мне нет житья.
Мне надо бы к тебе приникнуть.
Иначе поступаю я.

Припав на желтое сиденье,
сижу в косыночке простой
и направляюсь на съеденье
той темной станции пустой.

Иду вдоль белого кладбища,
оглядываюсь на кресты.
Звучат печально и комично
шаги мои средь темноты.

О, снизойди ко мне, разбойник,
присвистни в эту тишину.
Я удивленно, как ребенок,
в глаза недобрые взгляну.

Зачем я здесь, зачем ступаю
на темную тропу в лесу?
Вину какую искупаю
и наказание несу?

О, как мне надо возродиться
из этой тьмы и пустоты.
О, как мне надо возвратиться
туда, где ты, туда, где ты.

Так просто станет все и цельно,
когда ты скажешь мне слова
и тяжело и драгоценно
ко мне склонится голова.

1960–1961

* * *

Из глубины моих невзгод
молюсь о милом человеке.
Пусть будет счастлив в этот год,
и в следующий, и вовеки.

Я, не сумевшая постичь
простого таинства удачи,
беду к нему не допустить
стараюсь так или иначе.

И не на радость же себе,
загородив его плечами,
ему и всей его семье
желаю миновать печали.

Пусть будет счастлив и богат.
Под бременем наград высоких
пусть подымает свой бокал
во здравие гостей веселых,

не ведая, как наугад
я билась головою оземь,
молясь о нем — средь неудач,
мне отведенных в эту осень.

1960–1961

ЗИМА

О жест зимы ко мне,
холодный и прилежный.
Да, что-то есть в зиме
от медицины нежной.

Иначе как же вдруг
из темноты и муки
доверчивый недуг
к ней обращает руки?

О милая, колдуй,
заденет лоб мой снова
целебный поцелуй
колечка ледяного.

И все сильней соблазн
встречать обман доверьем,
смотреть в глаза собак
и приникать к деревьям.

Прощать, как бы играть,
с разбега, с поворота,
и, завершив прощать,
простить еще кого-то.

Сравняться с зимним днем,
с его пустым овалом,
и быть всегда при нем
его оттенком малым.

Свести себя на нет,
чтоб вызвать за стеною
не тень мою, а свет,
не заслоненный мною.

1961

МАЛЕНЬКИЕ САМОЛЕТЫ

Ах, мало мне другой заботы,
обременяющей чело, —
мне маленькие самолеты
все снятся, не пойму с чего.

Им все равно, как сниться мне:
то, как птенцы, с моей ладони
они зерно берут, то в доме
живут, словно сверчки в стене.

Иль тычутся в меня они
носами глупыми: рыбешка
так ходит возле ног ребенка,
щекочет и смешит ступни.

Порой вкруг моего огня
они толкаются и слепнут,
читать мне не дают, и лепет
их крыльев трогает меня.

Еще придумали: детьми
ко мне пришли и со слезами,
едва с моих колен слезали,
кричали: «На руки возьми!»

А то глаза открою: в ряд
все маленькие самолеты,
как маленькие Соломоны,
все знают и вокруг сидят.

Прогонишь — снова тут как тут:
из темноты, из блеска ваксы,
кося белко́м, как будто таксы,
тела их долгие плывут.

Что ж, он навек дарован мне —
сон жалостный, сон современный,
и в нем — ручной, несоразмерный
тот самолетик в глубине?

И все же, отрезвев от сна,
иду я на аэродромы —
следить огромные те громы,
озвучившие времена.

Когда в преддверье высоты
всесильный действует пропеллер,
я думаю — ты все проверил,
мой маленький? Не вырос ты.

Ты здесь огромным серебром
всех обманул — на самом деле
ты крошка, ты дитя, ты еле
заметен там, на голубом.

И вот мерцаем мы с тобой
на разных полюсах пространства.
Наверно, боязно расстаться
тебе со мной — такой большой?

Но там, куда ты вознесен,
во тьме всех позывных мелодий,
пускай мой добрый, странный сон
хранит тебя, о самолетик!

1962

ОСЕНЬ

Не действуя и не дыша,
все слаще обмирает улей.
Все глубже осень, и душа
все опытнее и округлей.

Она вовлечена в отлив
плода, из пустяка пустого
отлитого. Как кропотлив
труд осенью, как тяжко слово.

Значительнее, что ни день,
природа ум обременяет,
похожая на мудрость лень
уста молчаньем осеняет.

Даже дитя, велосипед
влекущее,
вертя педалью,
вдруг поглядит на белый свет
с какой-то ясною печалью.

1962

СКАЗКА О ДОЖДЕ

В нескольких эпизодах с диалогами и хором детей

1

Со мной с утра не расставался Дождь.
— О, отвяжись! — я говорила грубо.
Он отступал, но преданно и грустно
вновь шел за мной, как маленькая дочь.

Дождь, как крыло, прирос к моей спине.
Его корила я:
— Стыдись, негодник!
К тебе в слезах взывает огородник!
Иди к цветам!
Что ты нашел во мне?

Меж тем вокруг стоял суровый зной.
Дождь был со мной, забыв про все на свете.
Вокруг меня приплясывали дети,
как около машины поливной.

Я, с хитростью в душе, вошла в кафе
и спряталась за стол, укрытый нишей.
Дождь под окном пристроился, как нищий,
и сквозь стекло желал пройти ко мне.

Я вышла. И была моя щека
наказана пощечиною влаги,
но тут же Дождь, в печали и отваге,
омыл мне губы запахом щенка.

Я думаю, что вид мой стал смешон.
Сырым платком я шею обвязала.
Дождь на моем плече, как обезьяна,
сидел.
И город этим был смущен.

Обрадованный слабостью моей,
Дождь детским пальцем щекотал мне ухо.
Сгущалась засуха. Все было сухо.
И только я промокла до костей.

2

Но я была в тот дом приглашена,
где строго ждали моего привета,
где над янтарным озером паркета
всходила люстры чистая луна.

Я думала: что делать мне с Дождем?
Ведь он со мной расстаться не захочет.
Он наследит там. Он ковры замочит.
Да с ним меня вообще не пустят в дом.

Я толком объяснила: — Доброта
во мне сильна, но все ж не безгранична.
Тебе ходить со мною неприлично. —
Дождь на меня смотрел, как сирота.

— Ну, черт с тобой, — решила я, — иди!
Какой любовью на меня ты пролит?
Ах, этот странный климат, будь он проклят!
Прощенный Дождь запрыгал впереди.

3

Хозяин дома оказал мне честь,
которой я не стоила. Однако,
промокшая всей шкурой, как ондатра,
я у дверей звонила ровно в шесть.

Дождь, притаившись за моей спиной,
дышал в затылок жалко и щекотно.

Шаги — глазок — молчание — щеколда.
Я извинилась: — Этот Дождь со мной.

Позвольте, он побудет на крыльце?
Он слишком влажный, слишком удлиненный
для комнат.
— Вот как? — молвил удивленный
хозяин, изменившийся в лице.

4

Признаться, я любила этот дом.
В нем свой балет всегда вершила легкость.
О, здесь углы не ушибают локоть,
здесь палец не порежется ножом.

Любила все: как медленно хрустят
шелка хозяйки, затененной шарфом,
и, более всего, плененный шкафом —
мою царевну спящую — хрусталь.

Тот, в семь румянцев розовевший спектр,
в гробу стеклянном, мертвый и прелестный.
Но я очнулась. Ритуал приветствий,
как опера, станцован был и спет.

5

Хозяйка дома, честно говоря,
меня бы не любила непременно,
но робость поступить несовременно
чуть-чуть мешала ей, что было зря.

— Как поживаете? (О блеск грозы,
смирённый в слабом горлышке гордячки!)
— Благодарю, — сказала я, — в горячке
я провалялась, как свинья в грязи.

(Со мной творилось что-то в этот раз.
Ведь я хотела, поклонившись слабо,
сказать:
— Живу хоть суетно, но славно,
тем более что снова вижу вас.)

Она произнесла:
— Я вас браню.
Помилуйте, такая одаренность!
Сквозь дождь! И расстояний отдаленность! —
Вскричали все:
— К огню ее, к огню!

— Когда-нибудь, во времени другом,
на площади, средь музыки и брани,
мы свидимся опять при барабане,
вскричите вы:
«В огонь ее, в огонь!»

За все! За Дождь! За после! За тогда!
За чернокнижье двух зрачков чернейших,
за звуки с губ, как косточки черешен,
летящие без всякого труда!

Привет тебе! Нацель в меня прыжок.
Огонь, мой брат, мой пес многоязыкий!
Лижи мне руки в нежности великой!
Ты — тоже Дождь! Как влажен твой ожог!

— Ваш несколько причудлив монолог, —
проговорил хозяин уязвленный. —
Но, впрочем, слава поросли зеленой!
Есть прелесть в поколенье молодом.

— Не слушайте меня! Ведь я в бреду! —
просила я. — Все это Дождь наделал.
Да, это Дождь меня терзал, как демон.
Да, этот Дождь вовлек меня в беду.

И вдруг я увидала — там, в окне,
мой верный Дождь один стоял и плакал.
В моих глазах двумя слезами плавал
лишь след Дождя, оставшийся во мне.

6

Одна из гостий, протянув бокал,
туманная, как голубь над карнизом,
спросила с неприязнью и капризом:
— Скажите, правда, что ваш муж богат?

— Богат ли муж? Не знаю. Не вполне.
Но он богат. Ему легка работа.
Хотите знать один секрет? — Есть что-то
неизлечимо нищее во мне.

Его я научила колдовству —
во мне была такая откровенность, —
он разом обратит любую ценность
в круг на воде, в зверька или траву.

Я докажу вам! Дайте мне кольцо.
Спасем звезду из тесноты колечка! —
Она кольца мне не дала, конечно,
в недоуменье отстранив лицо.

— И, знаете, еще одна деталь —
меня влечет подохнуть под забором.
(Язык мой так и воспалялся вздором.
О, это Дождь твердил мне свой диктант.)

7

Все, Дождь, тебе припомнится потом!
Другая гостья, голосом глубоким,
осведомилась:

— Одаренных Богом
кто одаряет? И каким путем?

Как погремушкой, мной гремел озноб:
— Приходит Бог, преласков и превесел,
немного старомоден, как профессор,
и милостью ваш осеняет лоб.

А далее — летите вверх иль вниз,
в кровь разбивая локти и коленки
о снег, о воздух, об углы Кваренги,
о простыни гостиниц и больниц.

Василия Блаженного, в зубцах,
тот острый купол помните? Представьте! —
всей кожей об него!
— Да вы присядьте! —
она меня одернула в сердцах.

8

Тем временем, для радости гостей,
творилось что-то новое, родное:
в гостиную впускали кружевное,
серебряное облако детей.

Хозяюшка, прости меня, я зла!
Я все лгала, я поступала дурно!
В тебе, как на губах у стеклодува,
явился выдох чистого стекла.

Душой твоей насыщенный сосуд,
дитя твое, отлитое так нежно!
Как точен контур, обводящий нечто!
О том не знала я, не обессудь.

Хозяюшка, звериный гений твой
в отчаянье вседенном и всенощном
над детищем твоим, о, над сыночком
великой поникает головой.

Дождь мои губы звал к ее руке.
Я плакала:
— Прости меня! Прости же!
Глаза твои премудры и пречисты!

9

Тут хор детей возник невдалеке:

— Ах, так сложилось время —
смешинка нам важна!
У одного еврея —
хе-хе! — была жена.

Его жена корпела
над тягостным трудом,
чтоб выросла копейка
величиною с дом.

О, капелька металла,
созревшая, как плод!
Ты солнышком вставала,
украсив небосвод.

Все это только шутка,
наш номер, наш привет.
Нас весело и жутко
растит двадцатый век.

Мы маленькие дети,
но мы растем во сне,
как маленькие деньги,
окрепшие в казне.

В лопатках — холод милый
и острия двух крыл.
Нам кожу алюминий,
как изморозь, покрыл.

Чтоб было жить не скушно,
нас трогает порой
искусствочко, искусство,
ребеночек чужой.

Родителей оплошность
искупим мы. Ура!
О, пошлость, ты не подлость,
ты лишь уют ума.

От боли и от гнева
ты нас спасешь потом.
Целуем, королева,
твой бархатный подол.

10

Лень, как болезнь, во мне смыкала круг.
Мое плечо вело чужую руку.
Я, как птенца, в ладони грела рюмку.
Попискивал ее открытый клюв.

Хозяюшка, вы ощущали грусть
над мальчиком, заснувшим спозаранку,
в уста его, в ту алчущую ранку,
отравленную проливая грудь?

Вдруг в нем, как в перламутровом яйце,
спала пружина музыки согбенной?
Как радуга — в бутоне краски белой?
Как тайный мускул красоты — в лице?

Как в Сашеньке — непробужденный Блок?
Медведица, вы для какой забавы
в детеныше влюбленными зубами
выщелкивали Бога, словно блох?

11

Хозяйка налила мне коньяка:
— Вас лихорадит. Грейтесь у камина. —
Прощай, мой Дождь!
Как весело, как мило
принять мороз на кончик языка!

Как крепко пахнет розой от вина!
Вино, лишь ты ни в чем не виновато.
Во мне расщеплен атом винограда,
во мне горит двух разных роз война.

Вино мое, я твой заблудший князь,
привязанный к двум деревам склоненным.
Разъединяй! Не бойся же! Со звоном
меня со мной пусть разлучает казнь!

Я делаюсь все больше, все добрей!
Смотрите — я уже добра, как клоун,
вам в ноги опрокинутый поклоном!
Уж мне тесно́ средь окон и дверей!

О Господи, какая доброта!
Скорей! Жалеть до слез! Пасть на колени!
Я вас люблю! Застенчивость калеки
бледнит мне щеки и кривит уста.

Что сделать мне для вас хотя бы раз?
Обидьте! Не жалейте, обижая!
Вот кожа моя — голая, большая:
как холст для красок, чист простор для ран!

Я вас люблю без меры и стыда!
Как небеса, круглы мои объятья.
Мы из одной купели. Все мы братья.
Мой мальчик Дождь! Скорей иди сюда!

12

Прошел по спинам быстрый холодок.
В тиши раздался страшный крик хозяйки.
И ржавые, оранжевые знаки
вдруг выплыли на белый потолок.

И — хлынул Дождь! Его ловили в таз.
В него впивались веники и щетки.
Он вырывался. Он летел на щеки,
прозрачной слепотой вставал у глаз.

Отплясывал нечаянный канкан.
Звенел, играя с хрусталем воскресшим.
Но дом над ним уж замыкал свой скрежет,
как мышцы обрывающий капкан.

Дождь с выраженьем ласки и тоски,
паркет марая, полз ко мне на брюхе.
В него мужчины, подымая брюки,
примерившись, вбивали каблуки.

Его скрутили тряпкой половой
и выжимали, брезгуя, в уборной.
Гортанью, вдруг охрипшей и убогой,
кричала я:
— Не трогайте! Он мой!

Дождь был живой, как зверь или дитя.
О, вашим детям жить в беде и му́ке!
Слепые, тайн не знающие руки,
зачем вы окунули в кровь Дождя?

Хозяин дома прошептал:
— Учти,
еще ответишь ты за эту встречу! —
Я засмеялась:
— Знаю, что отвечу.
Вы безобразны. Дайте мне пройти.

13

Страшил прохожих вид моей беды.
Я говорила:
— Ничего. Оставьте.
Пройдет и это. —
На сухом асфальте
я целовала пятнышко воды.

Земли перекалялась нагота,
и горизонт вкруг города был розов.
Повергнутое в страх бюро прогнозов
осадков не сулило никогда.

1962
Тбилиси—Москва

СОН

О опрометчивость моя!
Как видеть сны мои решаюсь?
Так дорого платить за шалость —
заснуть?
Но засыпаю я.

И снится мне, что свеж и скуп
сентябрьский воздух. Все знакомо:
осенняя пригожесть дома,
вкус яблок, не сходящий с губ.

Но незнакомый садовод
возделывает сад знакомый
и говорит, что он законный
владелец.
И войти зовет.

Войти? Как можно? Столько раз
я знала здесь печаль и гордость,
и нежную шагов нетвердость,
и нежную незрячесть глаз.

Уж минуло так много дней.
А нежность — облаком вчерашним,
а нежность — обмороком влажным
меня омыла у дверей.

Но садоводова жена
меня приветствует жеманно.
Я говорю:
— Как здесь туманно...
И я здесь некогда жила.

Я здесь жила — лет сто назад.
— Лет сто? Вы шутите?
— Да нет же!
Шутить теперь? Когда так нежно
столетьем прошлым пахнет сад?

Сто лет прошло, а всё свежи
в ладонях нежности
к родимой
коре деревьев.
Запах дымный
в саду все тот же.

— Не скажи! —
промолвил садовод в ответ.
Затем спросил:
— Под паутиной,
со старомодной челкой длинной,
не ваш ли в чердаке портрет?

Ваш сильно изменился взгляд
с тех давних пор, когда в кручине,
не помню, по какой причине,
вы умерли — лет сто назад.

— Возможно, но — жить так давно,
лишь тенью в чердаке остаться,
и все затем, чтоб не расстаться
с той нежностью?
Вот что смешно.

1963

УРОКИ МУЗЫКИ

Люблю, Марина, что тебя, как всех,
что, как меня, —
озябшею гортанью
не говорю: тебя — как свет! как снег! —
усильем шеи, будто лед глотаю,
стараюсь вымолвить: тебя, как всех,
учили музыке. (О, крах ученья!
Как если бы, под Бóгов плач и смех,
свече внушали правила свеченья.)

Не ладили две равных темноты:
рояль и ты — два совершенных круга,
в тоске взаимной глухонемоты
терпя иноязычие друг друга.

Два мрачных исподлобья сведены
в неразрешимой и враждебной встрече:
рояль и ты — две сильных тишины,
два слабых горла: музыки и речи.

Но твоего сиротства перевес
решает дело. Что рояль? Он узник
безгласности, покуда в до-диез
мизинец свой не окунет союзник.

А ты — одна. Тебе — подмоги нет.
И музыке трудна твоя наука —
не утруждая ранящий предмет,
открыть в себе кровотеченье звука.

Марина, до! До — детства, до — судьбы,
до — ре, до — речи, до — всего, что после,
равно, как вместе мы склоняли лбы
в той общедетской предрояльной позе,
как ты, как ты, вцепившись в табурет, —
о, карусель! о Гедике ненужность! —
раскручивать сорвавшую берет,
свистящую вкруг головы окружность.

Марина, это все — для красоты
придумано, в расчете на удачу
раз накричаться: я — как ты, как ты!
И с радостью бы крикнула, да — плачу.

Октябрь 1963

* * *

Случилось так, что двадцати семи
лет от роду мне выпала отрада
жить в замкнутости дома и семьи,
расширенной прекрасным кругом сада.

Себя я предоставила добру,
с которым справедливая природа
следит за увяданием в бору
или решает участь огорода.

Мне нравилось забыть печаль и гнев,
не ведать мысли, не промолвить слова
и в детском неразумии дерев
терпеть заботу гения чужого.

Я стала вдруг здорова, как трава,
чиста душой, как прочие растенья,
не более умна, чем дерева,
не более жива, чем до рожденья.

Я улыбалась ночью в потолок,
в пустой пробел, где близко и приметно
белел во мраке очевидный Бог,
имевший цель улыбки и привета.

Была так неизбежна благодать
и так близка большая ласка Бога,
что прядь со лба — чтоб легче целовать —
я убирала и спала глубоко.

Как будто бы надолго, на века,
я углублялась в землю и деревья.
Никто не знал, как мука велика
за дверью моего уединенья.

1964

В ОПУСТЕВШЕМ ДОМЕ ОТДЫХА

Впасть в обморок беспамятства, как плод,
уснувший тихо средь ветвей и грядок,
не сознавать свою живую плоть,
ее чужой и грубый беспорядок.

Вот яблоко, возникшее вчера.
В нем — мышцы влаги, красота пигмента,
то тех, то этих действий толчея.
Но яблоку так безразлично это.

А тут, словно с оравою детей,
не совладаешь со своим же телом,
не предусмотришь всех его затей,
не расплетешь его переплетений.

И так надоедает под конец
в себя смотреть, как в пациента лекарь,
все время слышать треск своих сердец
и различать щекотный бег молекул.

И отвернуться хочется уже,
вот отвернусь, но любопытно глазу.
Так музыка на верхнем этаже
мешает и заманивает сразу.

В глуши, в уединении моем,
под снегом, вырастающим на кровле,
живу одна и будто бы вдвоем —
со вздохом в легких, с удареньем крови.

То улыбнусь, то пискнет голос мой,
то бьется пульс, как бабочка в ладони.
Ну, слава Богу, думаю, живой
остался кто-то в опустевшем доме.

И вот тогда тебя благодарю,
мой организм, живой зверек природы,
верши, верши простую жизнь свою,
как солнышко, как лес, как огороды.

И впредь играй, не ведай немоты!
В глубоком одиночестве, зимою,
я всласть повеселюсь средь пустоты,
тесно́ и шумно населенной мною.

1964

ЗИМНЯЯ ЗАМКНУТОСТЬ

Булату Окуджаве

Странный гость побывал у меня в феврале.
Снег занес мою крышу еще в январе,
предоставив мне замкнутость дум и деяний.
Я жила взаперти, как огонь в фонаре
или как насекомое, что в янтаре
уместилось в простор тесноты идеальной.

Странный гость предо мною внезапно возник,
и тем более странен был этот визит,
что снега мою дверь охраняли сурово.
Например — я зерно моим птицам несла.
«Можно ль выйти наружу?» — спросила. «Нельзя», —
мне ответила сильная воля сугроба.

Странный гость, говорю вам, неведомый гость.
Он прошел через стенку насквозь, словно гвоздь,
кем-то вбитый извне для неведомой цели.
Впрочем, что же еще оставалось ему,
коль в дому, замурованном в снежную тьму,
не осталось для входа ни двери, ни щели.

Странный гость — он в гостях не гостил, а царил.
Он огнем исцелил свой промокший цилиндр,
из-за пазухи выпустил свинку морскую
и сказал: «О, пардон, я продрог, и притом
я ушибся, когда проходил напролом
в этот дом, где теперь простудиться рискую».

Я сказала: «Огонь вас утешит, о гость.
Горсть орехов, вина быстротечная гроздь —

вот мой маленький юг среди вьюг справедливых.
Что касается бедной царевны морей —
ей давно приготовлен любовью моей
плод капусты, взращенный в нездешних заливах».

Странный гость похвалился: «Заметьте, мадам,
что я склонен к слезам, но не склонны к следам
мои ноги промокшие. Весь я — загадка!»
Я ему объяснила, что я не педант
и за музыкой я не хожу по пятам,
чтобы видеть педаль под ногой музыканта.

Странный гость закричал: «Мне не нравится тон
ваших шуток! Потом будет жуток ваш стон!
Очень плохи дела ваших духа и плоти!
Потому без стыда я явился сюда,
что мне ведома бедная ваша судьба».
Я спросила его: «Почему вы не пьете?»

Странный гость не побрезговал выпить вина.
Опрометчивость уст его речи свела
лишь к ошибкам, улыбкам и доброму плачу:
«Протяжение спора угодно душе!
Вы — дитя мое, баловень и протеже.
Я судьбу вашу как-нибудь переиначу.

Ведь не зря вещий зверь чистой шерстью белел —
ошибитесь, возьмите счастливый билет!
Выбирайте любую утеху мирскую!»
Поклонилась я гостю: «Вы очень добры,
до поры отвергаю я ваши дары.
Но спасите прекрасную свинку морскую!

Не она ль мне по злому сиротству сестра?
Как остра эта грусть — озираться со сна
средь стихии чужой, а к своей не пробиться.
О, как нежно марина, моряна, моря

неизбежно манят и минуют меня,
оставляя мне детское зренье провидца.

В остальном — благодарна я доброй судьбе.
Я живу, как желаю, — сама по себе.
Бог ко мне справедлив и любезен издатель.
Старый пес мой взмывает к щеке, как щенок.
И широк дивный выбор всевышних щедрот:
ямб, хорей, амфибрахий, анапест и дактиль.

А вчера колокольчик в полях дребезжал.
Это старый товарищ ко мне приезжал.
Зря боялась — а вдруг он дороги не сыщет?
Говорила: когда тебя вижу, Булат,
два зрачка от чрезмерности зренья болят,
беспорядок любви в моем разуме свищет».

Странный гость засмеялся. Он знал, что я лгу.
Не бывало саней в этом сиром снегу.
Мой товарищ с товарищем пьет в Ленинграде.
И давно уж собака моя умерла —
стало меньше дыханьем в груди у меня.
И чураются руки пера и тетради.

Странный гость подтвердил: «Вы несчастны теперь».
В это время открылась закрытая дверь.
Снег все падал и падал, не зная убытка.
Сколь вошедшего облик был смел и пригож!
И влекла петербургская кожа калош
след — лукавый и резвый, как будто улыбка.

Я надеюсь, что гость мой поймет и зачтет,
как во мраке лица серебрился зрачок,
как был рус африканец и смугл россиянин!
Я подумала — скоро конец февралю —
и сказала вошедшему: «Радость! Люблю!
Хорошо, что меж нами не быть расставаньям!»

1965

НОЧЬ

Андрею Смирнову

Уже рассвет темнеет с трех сторон,
а все руке недостает отваги,
чтобы пробиться к белизне бумаги
сквозь воздух, затвердевший над столом.

Как непреклонно честный разум мой
стыдится своего несовершенства,
не допускает руку до блаженства
затеять ямб в беспечности былой!

Меж тем, когда полна значенья тьма,
ожог во лбу от выдумки неточной,
мощь кофеина и азарт полночный
легко принять за остроту ума.

Но, видно, впрямь велик и невредим
рассудок мой в безумье этих бдений,
раз возбужденье, жаркое, как гений,
он все ж не счел достоинством своим.

Ужель грешно своей беды не знать!
Соблазн так сладок, так невинна малость —
нарушить этой ночи безымянность
и все, что в ней, по имени назвать.

Пока руке бездействовать велю,
любой предмет глядит с кокетством женским,
красуется, следит за каждым жестом,
нацеленным ему воздать хвалу.

Уверенный, что мной уже любим,
бубнит и клянчит голосок предмета,
его душа желает быть воспета,
и непременно голосом моим.

Как я хочу благодарить свечу,
любимый свет ее предать огласке
и предоставить неусыпной ласке
эпитетов! Но я опять молчу.

Какая боль — под пыткой немоты
все ж не признаться ни единым словом
в красе всего, на что зрачком суровым
любовь моя глядит из темноты!

Чего стыжусь? Зачем я не вольна
в пустом дому, средь снежного разлива,
писать не хорошо, но справедливо —
про дом, про снег, про синеву окна?

Не дай мне бог бесстыдства пред листом
бумаги, беззащитной предо мною,
пред ясной и бесхитростной свечою,
перед моим, плывущим в сон, лицом.

1965

* * *

Последний день живу я в странном доме,
чужом, как все дома, где я жила.
Загнав зрачки в укрытие ладони,
прохлада дня сияет, как жара.

В красе земли — беспечность совершенства.
Бела бумага.
Знаю, что должна
блаженствовать я в этот час блаженства.
Но вновь молчит и бедствует душа.

1965

СУМЕРКИ

Есть в сумерках блаженная свобода
от явных чисел века, года, дня.
Когда? — неважно. Вот открытость входа
в глубокий парк, в далекий мельк огня.

Ни в сырости, насытившей соцветья,
ни в деревах, исполненных любви,
нет доказательств этого столетья, —
бери себе другое — и живи.

Ошибкой зренья, заблужденьем духа
возвращена в аллеи старины,
бреду по ним. И встречная старуха,
словно признав, глядит со стороны.

Средь бела дня пустынно это место.
Но в сумерках мои глаза вольны
увидеть дом, где счастливо семейство,
где невпопад и пылко влюблены,

где вечно ждут гостей на именины —
шуметь, краснеть и руки целовать,
где и меня к себе рукой манили,
где никогда мне гостем не бывать.

Но коль дано их голосам беспечным
стать тишиною неба и воды, —
чьи пальчики по клавишам лепечут?
Чьи кружева вступают в круг беды?

Как мне досталась милость их привета,
тот медленный, затеянный людьми,
старинный вальс, старинная примета
чужой печали и чужой любви?

Еще возможно для ума и слуха
вести игру, где действуют река,
пустое поле, дерево, старуха,
деревня в три незрячих огонька.

Души моей невнятная улыбка
блуждает там, в беспамятстве, вдали,
в той родине, чья странная ошибка
даст мне чужбину речи и земли.

Но темнотой испуганный рассудок
трезвеет, рыщет, снова хочет знать
живых вещей отчетливый рисунок,
мой век, мой час, мой стол, мою кровать.

Еще плутая в омуте росистом,
я слышу, как на диком языке
мне шлет свое проклятие транзистор,
зажатый в непреклонном кулаке.

1966

НЕМОТА

Кто же был так силен и умен?
Кто мой голос из горла увел?
Не умеет заплакать о нем
рана черная в горле моем.

Сколь достойны любви и хвалы,
март, простые деянья твои,
но мертвы моих слов соловьи,
и теперь их сады — словари.

— О, воспой! — умоляют уста
снегопада, обрыва, куста.
Я кричу, но, как пар изо рта,
округлилась у губ немота.

Задыхаюсь, и дохну, и лгу,
что еще не останусь в долгу
пред красою деревьев в снегу,
о которой сказать не могу.

Вдохновенье — чрезмерный, сплошной
вдох мгновенья душою немой,
не спасет ее выдох иной,
кроме слова, что сказано мной.

Облегчить переполненный пульс —
как угодно, нечаянно, пусть!
И во все, что воспеть тороплюсь,
воплощусь навсегда, наизусть.

А за то, что была так нема,
и любила всех слов имена,
и устала вдруг, как умерла, —
сами, сами воспойте меня.

1966

* * *

Четверть века, Марина, тому,
как Елабуга ластится раем
к отдохнувшему лбу твоему,
но и рай ему мал и неравен.

Неужели к всеведенью мук,
что тебе удалось как удача,
я добавлю бесформенный звук
дважды мною пропетого плача?

Две бессмыслицы — мертв и мертва,
две пустынности, два ударенья —
царскосельских садов дерева,
переделкинских рощиц деревья.

И усильем двух этих кончин
так исчерпана будущность слова.
Не осталось ни уст, ни причин,
чтобы нам затевать его снова.

Впрочем, в этой утрате суда
есть свобода и есть безмятежность:
перед кем пламенеть от стыда,
оскорбляя страниц белоснежность?

Как любила! Возможно ли злей?
Без прощения, без обещанья
имена их любовью твоей
были сосланы в даль обожанья.

Среди всех твоих бед и плетей
только два тебе есть утешенья:
что не знала двух этих смертей
и воспела два этих рожденья.

1966

ОПИСАНИЕ ОБЕДА

Как долго я не высыпалась,
писала медленно, да зря.
Прощай, моя высокопарность!
Привет, любезные друзья!

Да здравствует любовь и легкость!
А то всю ночь в дыму сижу,
и тяжко тащится мой локоть,
строку влача, словно баржу.

А утром, свет опережая,
всплывает в глубине окна
лицо мое, словно чужая
предсмертно белая луна.

Не мил мне чистый снег на крышах,
мне тяжело мое чело,
и всё затем, чтоб вещий критик
не понял в этом ничего.

Ну нет, теперь беру тетрадку
и, выбравши любой предлог,
описываю по порядку
все, что мне в голову придет.

Я пред бумагой не робею
и опишу одну из сред,
когда меня позвал к обеду
сосед-литературовед.

Он был настолько выше быта
и так воспитан и умен,
что обошла его обида
былых и нынешних времен.

Он обещал мне, что наука,
известная его уму,
откроет мне, какая мука
угодна сердцу моему.

С улыбкой грусти и привета
открыла дверь в тепло и свет
жена литературоведа,
сама литературовед.

Пока с меня пальто снимала
их просвещенная семья,
ждала я знака и сигнала,
чтобы понять, при чем здесь я.

Но, размышляя мимолетно,
я поняла мою вину:
что ж за обед без рифмоплета
и мебели под старину?

Все так и было: стол накрытый
дышал свечами, цвел паркет,
и чужеземец именитый
молчал, покуривая «кент».

Литературой мы дышали,
когда хозяин вел нас в зал
и говорил о Мандельштаме.
Цветаеву он также знал.

Он оценил их одаренность,
и, некрасива, но умна,
познаний тяжкую огромность
делила с ним его жена.

Я думала: «Господь вседобрый!
Прости мне разум, полный тьмы,
вели, чтобы соблазн съедобный
отвлек от мыслей их умы.

Скажи им, что пора обедать,
вели им хоть на час забыть
о том, чем им так сладко ведать,
о том, чем мне так страшно быть».

Придвинув спину к их камину,
пока не пробил час поэм,
за Мандельштама и Марину
я отогреюсь и поем.

И, озирая мир кромешный,
используй, Боже, власть твою,
чтоб нас простил их прах безгрешный
за то, что нам не быть в раю.

В прощенье мне теплом собрата
повеяло, и со двора
вошла прекрасная собака
с душой, исполненной добра.

Затем мы занялись обедом.
Я и хозяин пили ром, —
нет, я пила, он этим ведал, —
и все же разразился гром.

Он знал: коль ложь не бестолкова,
она не осквернит уста,
я знала: за лукавство слова
наказывает немота.

Он, сокрушаясь бесполезно,
стал разум мой учить уму,
и я ответила любезно:
— Потом, мой друг, когда умру,

вы мне успеете ответить.
Но как же мне с собою быть?
Ведь перед тем, как мною ведать,
вам следует меня убить.

Мы помирились в воскресенье.
— У нас обед. А что у вас?
— А у меня стихотворенье.
Оно написано как раз.

1967

* * *

Я думаю: как я была глупа,
когда стыдилась собственного лба —
зачем он так от гения свободен?
Сегодня, став взрослее и трезвей,
хочу обедать посреди друзей —
лишь их привет мне сладок и угоден.
Мне снился сон: я мучаюсь и мчусь,
лицейскою возвышенностью чувств
пылает мозг в честь праздника простого.
Друзья мои, что так добры ко мне,
должны собраться в маленьком кафе
на площади Восстанья в полшестого.
Я прихожу и вижу: собрались.
Благословляя красоту их лиц,
плач нежности стоит в моей гортани.
Как встарь, моя кружится голова.
Как встарь, звучат прекрасные слова
и пенье очарованной гитары.
Я просыпаюсь и спешу в кафе,
я оставляю шапку в рукаве,
не ведая сомнения пустого.
Я твердо помню мой недавний сон
и стол прошу накрыть на пять персон
на площади Восстанья в полшестого.
Я долго жду и вижу жизнь людей,
которую прибоем площадей
выносит вдруг на мой пустынный остров.

Так мне пришлось присвоить новость встреч,
чужие тайны и чужую речь,
борьбу локтей неведомых и острых.
Вошел убийца в сером пиджаке.
Убитый им сидел невдалеке.
Я наблюдала странность их общенья.
Промолвил первый:
— Вот моя рука,
но все ж не пейте столько коньяка. —
И встал второй и попросил прощенья.
Я у того, кто встал, спросила:
— Вы
однажды не сносили головы,
неужто с вами что-нибудь случится? —
Он мне сказал:
— Я узник прежних уз.
Дитя мое, я, как тогда, боюсь —
не я ему, он мне ночами снится.

Я поняла: я быть одна боюсь.
Друзья мои, прекрасен наш союз!
О, смилуйтесь, хоть вы не обещали.
Совсем одна, словно Мальмгрен во льду,
заточена, словно мигрень во лбу.
Друзья мои, я требую пощады!

И все ж, пока слагать стихи смогу,
я вот как вам солгу иль не солгу:
они пришли, не ожидая зова,
сказали мне: — Спешат твои часы. —
И были наши помыслы чисты
на площади Восстанья в полшестого.

1967

* * *

Памяти Осипа Мандельштама

В том времени, где и злодей —
лишь заурядный житель улиц,
как грозно хрупок иудей,
в ком Русь и музыка очнулись.

Вступленье: ломкий силуэт,
повинный в грациозном форсе.
Начало века. Младость лет.
Сырое лето в Гельсингфорсе.

Та — Бог иль барышня? Мольба —
чрез сотни верст любви нечеткой.
Любуется! И гений лба
застенчиво завешен челкой.

Но век желает пировать!
Измученный, он ждет предлога —
и Петербургу Петроград
оставит лишь предсмертье Блока.

Знал и сказал, что будет знак
и век падет ему на плечи.
Что может он? Он нищ и наг
пред чудом им свершенной речи.

Гортань, затеявшая речь
неслыханную, — так открыта.
Довольно, чтоб ее пресечь,
и меньшего усердья быта.

Ему — особенный почет,
двоякое злорадство неба:
певец, снабженный кляпом в рот,
и лакомка, лишенный хлеба.

Из мемуаров: «Мандельштам
любил пирожные». Я рада
узнать об этом. Но дышать —
не хочется, да и не надо.

Так, значит, пребывать творцом,
за спину заломившим руки,
и безымянным мертвецом
все ж недостаточно для му́ки?

И в смерти надо знать беду
той, не утихшей ни однажды,
беспечной, выжившей в аду,
неутолимой детской жажды?

В моем кошмаре, в том раю,
где жив он, где его я прячу,
он сыт! А я его кормлю
огромной сладостью. И пла́чу.

1967

ПЛОХАЯ ВЕСНА

Пока клялись беспечные снега
блистать и стыть с прилежностью металла,
пока пуховой шали не сняла
та девочка, которая мечтала
склонить к плечу оранжевый берет,
пустить на волю локти и колени,
чтоб не ходить, но совершать балет
хожденья по оттаявшей аллее,
пока апрель не затевал возни,
угодной насекомым и растеньям, —
взяв на себя несчастный труд весны,
безумцем становился неврастеник.

Среди гардин зимы, среди гордынь
сугробов, ледоколов, конькобежцев
он гнев весны претерпевал один,
став жертвою ее причуд и бешенств.

Он так поспешно окна открывал,
как будто смерть предпочитал неволе,
как будто бинт от кожи отрывал,
не устояв перед соблазном боли.

Что было с ним, сорвавшим жалюзи?
То ль сильный дух велел искать исхода,
то ль слабость щитовидной железы
выпрашивала горьких лакомств йода?

Он сам не знал, чьи силы, чьи труды
владеют им. Но говорят преданья,

что, ринувшись на поиски беды, —
как выгоды, он возжелал страданья.

Он закричал: — Грешна моя судьба!
Не гений я! И, стало быть, впустую,
гордясь огромной выпуклостью лба,
лелеял я лишь опухоль слепую!

Он стал бояться перьев и чернил.
Он говорил в отчаянной отваге:
— О Господи! Твой худший ученик,
я никогда не оскверню бумаги.

Он сделался неистов и угрюм.
Он все отринул, что грозит блаженством.
Желал он му́кой обострить свой ум,
побрезговав его несовершенством.

В груди птенцы пищали: не хотим!
Гнушаясь их мольбою бесполезной,
вбивал он алкоголь и никотин
в их слабый зев, словно сапог железный.

И проклял он родимый дом и сад,
сказав: — Как страшно просыпаться утром!
Как жжется этот раскаленный ад,
который именуется уютом!

Он жил в чужом дому, в чужом саду, —
и тем платил хозяйке любопытной,
что, голый и огромный, на виду
у всех вершил свой пир кровопролитный.

Ему давали пищи и питья,
шептались меж собой, но не корили
затем, что жутким будням их бытья
он приходился праздником корриды.

Он то в пустой пельменной горевал,
то пил коньяк в гостиных полусвета
и понимал, что это — гонорар
за представленье: странности поэта.

Ему за то и подают обед,
который он с охотою съедает,
что гостья, умница, искусствовед,
имеет право молвить: — Он страдает!

И он страдал. Об острие угла
разбил он лоб, казня его ничтожность,
но не обрел достоинства ума
и не изведал истин непреложность.

Проснувшись ночью в серых простынях,
он клял дурного мозга неприличье,
и высоко над ним плыл Пастернак
в опрятности и простоте величья.

Он снял портрет и тем отверг упрек
в проступке суеты и нетерпенья.
Виновен ли немой, что он не мог
использовать гортань для песнопенья?

Его встречали в чайных и пивных,
на площадях и на скамьях вокзала.
И наконец он головой поник
и так сказал (вернее, я сказала):

— Друзья мои, мне минет тридцать лет,
увы, итог тридцатилетья скуден.
Мой подвиг одиночества нелеп,
и суд мой над собою безрассуден.

Бог точно знал, кому какая честь,
мне лишь одна — не много и не мало:

всегда пребуду только тем, что есть,
пока не стану тем, чего не стало.

Так в чем же смысл и польза этих мук,
привнесших в кожу белый шрам ожога?
Ужели в том, что мимолетный звук
мне явится и я скажу: так много?

Затем свечу зажгу, перо возьму,
судьбе моей воздам благодаренье,
припомню эту белую весну
и напишу о ней стихотворенье.

1967

ДОЖДЬ И САД

В окне, как в чуждом букваре,
неграмотным я рыщу взглядом.
Я мало смыслю в декабре,
что выражен дождем и садом.

Где дождь, где сад — не различить.
Здесь свадьба двух стихий творится.
Их совпаденье разлучить
не властно зренье очевидца.

Так обнялись, что и ладонь
не вклинится! Им не заметен
медопролитный крах плодов,
расплющенных объятьем этим.

Весь сад в дожде! Весь дождь в саду!
Погибнут дождь и сад друг в друге,
оставив мне решать судьбу
зимы, явившейся на юге.

Как разниму я сад и дождь
для мимолетной щели светлой,
чтоб птицы маленькая дрожь
вместилась меж дождем и веткой?

Не говоря уже о том,
что в промежуток их раздора
мне б следовало втиснуть дом,
где я последний раз бездомна.

Душа желает и должна
два раза вытерпеть усладу:
страдать от сада и дождя
и сострадать дождю и саду.

Но дом при чем? В нем все мертво!
Не я ли совершила это?
Приют сиротства моего
моим сиротством сжит со света.

Просила я беды благой,
но все ж не той и не настолько,
чтоб выпрошенной мной бедой
чужие вышибало стекла.

Все дождь и сад сведут на нет,
изгнав из своего объема
необязательный предмет
вцепившегося в землю дома.

И мне ли в нищей конуре
так возгордиться духом слабым,
чтобы препятствовать игре,
затеянной дождем и садом?

Не время ль уступить зиме,
с ее деревьями и мглою,
чужое место на земле,
некстати занятое мною?

1967

ЭТО Я...

Е. Ю. и В. М. Россельс

Это я — в два часа пополудни
повитухой добытый трофей.
Надо мною играют на лютне.
Мне щекотно от палочек фей.
Лишь расплыв золотистого цвета
понимает душа — это я
в знойный день довоенного лета
озираю красу бытия.
«Буря мглою...» и баюшки-баю,
я повадилась жить, но, увы, —
это я от войны погибаю
под угрюмым присмотром Уфы.
Как белеют зима и больница!
Замечаю, что не умерла.
В облаках неразборчивы лица
тех, кто умерли вместо меня.
С непригожим голубеньким ликом,
еле выпростав тело из мук,
это я в предвкушенье великом
слышу нечто, что меньше, чем звук.
Лишь потом оценю я привычку
слушать вечную, точно прибой,
безымянных вещей перекличку
с именующей вещи душой.
Это я — мой наряд фиолетов,
я надменна, юна и толста,
но к предсмертной улыбке поэтов
я уже приучила уста.

Словно дрожь между сердцем и сердцем,
есть меж словом и словом игра.
Дело лишь за бесхитростным средством
обвести ее вязью пера.
— Быть словам женихом и невестой! —
это я говорю и смеюсь.
Как священник в глуши деревенской,
я венчаю их тайный союз.
Вот зачем мимолетные феи
осыпали свой шелест и смех.
Лбом и певческим выгибом шеи,
о, как я не похожа на всех.
Я люблю эту мету несходства,
и, за дальней добычей спеша,
юной гончей мой почерк несется,
вот настиг — и озябла душа.
Это я проклинаю и плачу.
Смотрит в щели людская молва.
Мне с небес диктовали задачу —
я ее разрешить не смогла.
Я измучила упряжью шею.
Как другие плетут письмена —
я не знаю, нет сил, не умею,
не могу, отпустите меня.
Как друг с другом прохожие схожи.
Нам пора, лишь подует зима,
на раздумья о детской одеже
обратить вдохновенье ума.
Это я — человек-невеличка,
всем, кто есть, прихожусь близнецом,
сплю, покуда идет электричка,
пав на сумку невзрачным лицом.
Мне не выпало лишней удачи,
слава богу, не выпало мне
быть заслуженней или богаче
всех соседей моих по земле.

Плоть от плоти сограждан усталых,
хорошо, что в их длинном строю
в магазинах, в кино, на вокзалах
я последнею в кассу стою —
позади паренька удалого
и старухи в пуховом платке,
слившись с ними, как слово и слово
на моем и на их языке.

1968

СЕМЬЯ И БЫТ

Ане

Сперва дитя явилось из потемок
небытия.
В наш узкий круг щенок
был приглашен для счастья.
А котенок
не столько зван был, сколько одинок.

С небес в окно упал птенец воскресший.
В миг волшебства сама зажглась свеча:
к нам шел сверчок, влача нежнейший скрежет,
словно возок с пожитками сверчка.

Так ширился наш круг непостижимый.
Все ль в сборе мы? Не думаю. Едва ль.
Где ты, грядущий новичок родимый?
Верти крылами! Убыстряй педаль!

Покуда вещи движутся в квартиры
по лестнице — мы отойдем и ждем.
Но все ж и мы не так наги и сиры,
чтоб славной вещью не разжился дом.

Останься с нами, кто-нибудь вошедший!
Ты сам увидишь, как по вечерам
мы возжигаем наш фонарь волшебный.
О смех! О лай! О скрип! О тарарам!

Старейшина в беспечном хороводе,
вполне бесстрашном, если я жива,

проговорюсь моей ночной свободе,
как мне страшна забота старшинства.

Куда уйти? Уйду лицом в ладони.
Стареет пес. Сиротствует тетрадь.
И лишь дитя, все больше молодое,
все больше хочет жить и сострадать.

Дивно уже в ангине, только ожил
от жара лоб, так тихо, что почти —
подумало, дитя сказало: — Ежик,
прости меня, за все меня прости.

И впрямь — прости, любая жизнь живая!
Твою в упор глядящую звезду
не подведу: смертельно убывая,
вернусь, опомнюсь, буду, превзойду.

Витает, вырастая, наша стая,
блистая правом жить и ликовать,
блаженность и блаженство сочетая,
и все это приняв за благодать.

Сверчок и птица остаются дома.
Дитя, собака, бледный кот и я
идем во двор и там непревзойденно
свершаем трюк на ярмарке житья.

Вкривь обходящим лужи и канавы,
несущим мысль про хлеб и молоко,
что нам пустей, что смехотворней славы?
Меж тем она дается нам легко.

Когда сентябрь, тепло, и воздух хлипок,
и все бегут с учений и работ,
нас осыпает золото улыбок
у станции метро «Аэропорт».

1968

РИСУНОК

Борису Мессереру

Рисую женщину в лиловом.
Какое благо – рисовать
и не уметь! А ту тетрадь
с полузабытым полусловом
я выброшу! Рука вольна
томиться нетерпеньем новым.
Но эта женщина в лиловом
откуда? И зачем она
ступает по корням еловым
в прекрасном парке давних лет?
И там, где парк впадает в лес,
лесничий ею очарован.
Развязный! Как он смел взглянуть
прилежным взором благосклонным?
Та, в платье нежном и лиловом,
строга и продолжает путь.
Что мне до женщины в лиловом?
Зачем меня тоска берет,
что будет этот детский рот
ничтожным кем-то поцелован?
Зачем мне жизнь ее грустна?
В дому, ей чуждом и суровом,
родимая и вся в лиловом,
кем мне приходится она?
Неужто розовой, в лиловом,
столь не желавшей умирать, –
все ж умереть?
А где тетрадь,
чтоб грусть мою упрочить словом?

1968

* * *

Прощай! Прощай! Со лба сотру
воспоминанье: нежный, влажный
сад, углубленный в красоту,
словно в занятье службой важной.

Прощай! Все минет: сад и дом,
двух душ таинственные распри
и медленный любовный вздох
той жимолости у террасы.

В саду у дома и в дому
внедрив многозначенье грусти,
внушала жимолость уму
невнятный помысел о Прусте.

Смотрели, как в огонь костра,
до сна в глазах, до мути дымной,
и созерцание куста
равнялось чтенью книги дивной.

Меж наших двух сердец — туман
клубился! Жимолость и сырость,
и живопись, и сад, и Сван —
к единой му́ке относились.

То сад, то Сван являлись мне,
цилиндр с подкладкою зеленой
мне виделся, закат в Комбре
и голос бабушки влюбленной.

Прощай! Но сколько книг, дерев
нам вверили свою сохранность,

чтоб нашего прощанья гнев
поверг их в смерть и бездыханность.

Прощай! Мы, стало быть, — из них,
кто губит души книг и леса.
Претерпим гибель нас двоих
без жалости и интереса.

1968

ПРЕРЕКАНИЕ С КРЫМОМ

Перед тем как ступить на балкон,
я велю тебе, Богово чудо:
пребывай в отчужденье благом!
Не ищи моего пересуда.

Не вперяй в меня рай голубой,
постыдись этой детской уловки.
Я-то знаю твой кроткий разбой,
добывающий слово из глотки.

Мне случалось с тобой говорить,
проболтавшийся баловень пыток,
смертным выдохом ран горловых
я тебе поставляла эпитет.

Но довольно! Всесветлый объем
не таращь и предайся блаженству.
Хватит рыскать в рассудке моем
похвалы твоему совершенству.

Не упорствуй, не шарь в пустоте,
выпит мед из таинственных амфор.
И по чину ль твоей красоте
примерять украшенье метафор?

Знает тот, кто в семь дней сотворил
семицветие белого света,
как голодным тщеславьем твоим
клянчишь ты подаяний поэта?

Прогоняю, стращаю, кляну,
выхожу на балкон. Озираюсь.
Вижу дерево, море, луну,
их беспамятство и безымянность.

Плачу, бедствую, гибну почти,
говорю: — О, даруй мне пощаду, —
погуби меня, только прости! —
И откуда-то слышу: — Прощаю...

1969

* * *

Однажды, покачнувшись на краю
всего, что есть, я ощутила в теле
присутствие непоправимой тени,
куда-то прочь теснившей жизнь мою.

Никто не знал, лишь белая тетрадь
заметила, что я задула свечи,
зажженные для сотворенья речи, —
без них я не желала умирать.

Так мучилась! Так близко подошла
к скончанью мук! Не молвила ни слова.
А это просто возраста иного
искала неокрепшая душа.

Я стала жить и долго проживу.
Но с той поры я му́кою земною
зову лишь то, что не воспето мною,
все прочее — блаженством я зову.

1960-е

* * *

Юрию Королеву

Собрались, завели разговор,
долго длились их важные речи.
Я смотрела на маленький двор,
чудом выживший в Замоскворечье.

Чтоб красу предыдущих времен
возродить, а пока, исковеркав,
изнывал и бранился ремонт,
исцеляющий старую церковь.

Любоваться еще не пора:
купол слеп и весь вид не осанист,
но уже по каменьям двора
восхищенный бродил чужестранец.

Я сидела, смотрела в окно,
тосковала, что жить не умею.
Слово «скоросшиватель» влекло
разрыдаться над жизнью моею.

Как вблизи расторопной иглы,
с невредимой травою зеленой,
с бузиною, затмившей углы,
уцелел этот двор непреклонный?

Прорастание мха из камней
и хмельных маляров перебранка
становились надеждой моей,
ободряющей вестью от брата.

Дочь и внучка московских дворов,
объявляю: мой срок не окончен.
Посреди сорока сороков
не иссякла душа-колокольчик.

О, запекшийся в сердце моем
и зазубренный мной без запинки
белокаменный свиток имен
Маросейки, Варварки, Ордынки!

Я, как старые камни, жива.
Дождь веков нас омыл и промаслил.
На клею золотого желтка
нас возвел незапамятный мастер.

Как живучие эти дворы,
уцелею и я, может статься.
Ну а нет — так придут маляры.
А потом приведут чужестранца.

1970

МЕДЛИТЕЛЬНОСТЬ

Надежде Яковлевне Мандельштам

Замечаю, что жизнь не прочна
и прервется. Но как не заметить,
что не надо, пора не пришла
торопиться, есть время помедлить.

Прежде было — страшусь и спешу:
есмь сегодня, а буду ли снова?
И на казнь посылала свечу
ради тщетного смысла ночного.

Как умна — так никто не умен,
полагала. А снег осыпался.
И остался от этих времен
горб — натруженность среднего пальца.

Прочитаю добытое им —
лишь скучая, но не сострадая,
и прощу: тот, кто молод, — любим.
А тогда я была молодая.

Отбыла, отспешила. К душе
льнет прилив незатейливых истин.
Способ совести избран уже
и теперь от меня не зависит.

Сам придет этот миг или год:
смысл нечаянный, нега, вершинность...
Только старости недостает.
Остальное уже совершилось.

1972

ДАЧНЫЙ РОМАН

Вот вам роман из жизни дачной.
Он начинался в октябре,
когда зимы кристалл невзрачный
мерцал при утренней заре.
И Тот, столь счастливо любивший
печаль и блеск осенних дней,
был зренья моего добычей
и пленником души моей.

Недавно, добрый и почтенный,
сосед мой умер, и вдова,
для совершенья жизни бренной,
уехала, а дом сдала.
Так появились брат с сестрою.
По вечерам в чужом окне
сияла кроткою звездою
их жизнь, неведомая мне.

В благовоспитанном соседстве
поврозь мы дождались зимы,
но, с тайным любопытством в сердце,
невольно сообщались мы.
Когда вблизи моей тетради
встречались солнце и сосна,
тропинкой, скрытой в снегопаде,
спешила к станции сестра.
Я полюбила тратить зренье
на этот мимолетный бег,
и длилась целое мгновенье
улыбка, свежая, как снег.

Брат был свободней и не должен
вставать, пока не встанет день.
«Кто он? – я думала. – Художник?»
А думать дальше было лень.
Всю зиму я жила привычкой
их лица видеть поутру
и знать, с какою электричкой
брат пустится встречать сестру.
Я наблюдала их проказы,
снежки, огни, когда темно,
и знала, что они прекрасны,
а кто они – не все ль равно?
Я вглядывалась в них так остро,
как в глушь иноязычных книг,
и слаще явного знакомства
мне были вымыслы о них.
Их дней цветущие картины
растила я меж сонных век,
сослав их образы в куртины,
в заглохший сад, в старинный снег.

Весной мы сблизились – не тесно,
не участив случайность встреч.
Их лица были так чудесно
ясны, так благородна речь.
Мы сиживали в час заката
в саду, где липа и скамья.

Брат без сестры, сестра без брата,
как ими любовалась я!
Я шла домой и до рассвета
зрачок держала на луне.
Когда бы не несчастье это,
была б несчастна я вполне.

Тёк август. Двум моим соседям
прискучила его жара.

Пришли, и молвил брат: — Мы едем.
— Мы едем, — молвила сестра.
Простились мы — скорей степенно,
чем пылко. Выпили вина.
Они уехали. Стемнело.
Их ключ остался у меня.

Затем пришло письмо от брата:
«Коли прогневаетесь Вы,
я не страшусь: мне нет возврата
в соседство с Вами, в дом вдовы.
Зачем, простак недальновидный,
я тронул на снегу Ваш след?
Как будто фосфор ядовитый
в меня вселился — еле видный,
доныне излучает свет
ладонь...» — с печалью деловитой
я поняла, что он — поэт,
и заскучала...
Тем не мене
отвыкшие скрипеть ступени
я поступью моей бужу,
когда в соседний дом хожу,
одна играю в свет и тени
и для таинственной затеи
часы зачем-то завожу
и долго за полночь сижу.
Ни брата, ни сестры. Лишь в скрипе
зайдется ставня. Видно мне,
как ум забытой ими книги
печально светится во тьме.

Уж осень. Разве осень? Осень.
Вот свет. Вот сумерки легли.
— Но где ж роман? — читатель спросит.
Здесь нет героя, нет любви!

Меж тем — всё есть! Окрест крепчает
октябрь, и это означает,
что Тот, столь счастливо любивший
печаль и блеск осенних дней,
идет дорогою обычной
на жадный зов свечи моей.
Сад облетает первобытный,
и от любви кровопролитной
немеет сердце, и в костры
сгребают листья... Брат сестры,
прощай навеки! Ночью лунной
другой возлюбленный безумный,
чья поступь молодому льду
не тяжела, минует тьму
и к моему подходит дому.
Уж если говорить: люблю! —
то, разумеется, ему,
а не кому-нибудь другому.

Очнись, читатель любопытный!
Вскричи: — Как, намертво убитый
и прочный, точно лунный свет,
тебя он любит?! —
Вовсе нет.
Хочу соврать и не совру,
как ни мучительна мне правда.
Боюсь, что он влюблен в сестру
стихи слагающего брата.
Я влюблена, она любима,
вот вам сюжета грозный крен.
Ах, я не зря ее ловила
на робком сходстве с Анной Керн!
В час грустных наших посиделок
твержу ему: — Тебя злодей
убил! Ты заново содеян
из жизни, из любви моей!

Коль Ты таков — во мглу веков
назад сошлю! —
Не отвечает
и думает: «Она стихов
не пишет, часом?» — и скучает.

Вот так, столетия подряд,
все влюблены мы невпопад,
и странствуют, не совпадая,
два сердца, сирых две ладьи,
ямб ненасытный услаждая
великой горечью любви.

1973

ВЗОЙТИ НА СЦЕНУ

Пришла и говорю: как нынешнему снегу
легко лететь с небес в угоду февралю,
так мне в угоду вам легко взойти на сцену.
Не верьте мне, когда я это говорю.

О, мне не привыкать, мне не впервой, не внове
взять в кожу, как ожог, вниманье ваших глаз.
Мой голос, словно снег, вам упадает в ноги,
и он умрет, как снег, и превратится в грязь.

Неможется! Нет сил! Я отвергаю участь
явиться на помост с больничной простыни.
Какой мороз во лбу! Какой в лопатках ужас!
О, кто-нибудь, приди и время растяни!

По грани роковой, по острию каната —
плясунья, так пляши, пока не сорвалась.
Я знаю, что умру, но я очнусь как надо.
Так было всякий раз. Так будет в этот раз.

Исчерпана до дна пытливыми глазами,
на сведенье ушей я трачу жизнь свою.
Но тот, кто мной любим, всегда спокоен в зале.
Себя не сохраню, его не посрамлю.

Когда же я очнусь от суетного риска
неведомо зачем сводить себя на нет,
но скажет кто-нибудь: она была артистка,
и скажет кто-нибудь: она была поэт.

Измучена гортань кровотеченьем речи,
но весел мой прыжок из темноты кулис.
В одно лицо людей, все явственней и резче,
сливаются черты прекрасных ваших лиц.

Я обращу в поклон нерасторопность жеста.
Нисколько мне не жаль ни слов, ни мук моих.
Достанет ли их вам для малого блаженства?
Не навсегда прошу — но лишь на миг, на миг...

1973

* * *

Ни слова о любви! Но я о ней ни слова,
не водятся давно в гортани соловьи.
Там пламя посреди пустого небосклона,
но даже в ночь луны ни слова о любви!

Луну над головой держать я притерпелась
для пущего труда, для возбужденья дум.
Но в нынешней луне — бессмысленная
прелесть,
и стелется Арбат пустыней белых дюн.

Лепечет о любви сестра-поэт-певунья —
вполглаза покошусь и усмехнусь вполрта.
Как зримо возведен из толщи полнолунья
чертог для Божества, а дверь не заперта.

Как бедный Гоголь худ там, во главе бульвара,
и одинок вблизи вселенской полыньи.
Столь длительной луны над миром не бывало,
сейчас она пройдет. Ни слова о любви!

Так долго я жила, что сердце притупилось
но выжило в бою с невзгодой бытия,
и вновь свежим-свежа в нем чья-то власть
и милость.
Те двое под луной — неужто ты и я?

1973

НОЧЬ ПЕРЕД ВЫСТУПЛЕНИЕМ

Сегодня, покуда вы спали, надеюсь,
как всадник в дозоре, во тьму я глядела.
Я знала, что поздно, куда же я денусь
от смерти на сцене, от бренного дела!

Безгрешно рукою водить вдоль бумаги.
Писать — это втайне молиться о ком-то.
Запеть напоказ — провиниться в обмане,
а мне не дано это и неохота.

И все же для вас я удобство обмана.
Я знак, я намек на былое, на Сороть,
как будто сохранны Марина и Анна
и нерасторжимы словесность и совесть.

В гортани моей, неумелой да чистой,
жил призвук старинного русского слова.
Я призрак двусмысленный и неказистый
поэтов, чья жизнь не затеется снова.

За это мне выпало нежности столько,
что будет смертельней, коль пуще и больше.
Сама по себе я немногого стою.
Я старый глагол в современной обложке.

О, только за то, что душа не лукава
и бодрствует, благословляя и мучась,
не выбирая, где милость, где кара,
на время мне посланы жизнь и живучесть.

Но что-то творится меж вами и мною,
меж мною и вами, меж всеми, кто живы.
Не проще ли нам обойтись тишиною,
чтоб губы остались свежи и не лживы?

Но коль невозможно, коль вам так угодно,
возьмите мой голос, мой голос последний!
Вовеки пребуду добра и свободна,
пока не уйду от вас сколько-то-летней...

1973

СНИМОК

Улыбкой юности и славы
чуть припугнув, но не отторгнув,
от лени или для забавы
так села, как велел фотограф.

Лишь в благоденствии и лете,
при вечном детстве небосвода
клянется ей в Оспедалетти
апрель двенадцатого года.

Сложила на коленях руки,
глядит из кружевного нимба.
И тень ее грядущей муки
защелкнута ловушкой снимка.

С тем — через «ять» — сырым и нежным
апрелем слившись воедино,
как в янтаре окаменевшем,
она пребудет невредима.

И запоздалый соглядатай
застанет на исходе века
тот профиль нежно-угловатый,
вовек сохранный в сгустке света.

Какой покой в нарядной даме,
в чьем четком облике и лике
прочесть известие о даре
так просто, как названье книги.

Кто эту горестную мету,
оттиснутую без помарок,
и этот лоб, и челку эту
себе выпрашивал в подарок?

Что ей самой в ее портрете?
Пожмет плечами: как угодно!
И выведет: «Оспедалетти.
Апрель двенадцатого года».

Как на земле свежо и рано!
Грядущий день, дай ей отсрочку!
Пускай она допишет: «Анна
Ахматова» — и капнет точку.

1973

* * *

Я вас люблю, красавицы столетий,
за ваш небрежный выпорх из дверей,
за право жить, вдыхая жизнь соцветий
и на плечи накинув смерть зверей.

Еще за то, что, стиснув створки сердца,
клад бытия не отдавал моллюск,
открыть и вынуть — вот простое средство
быть в жемчуге при свете бальных люстр.

Как будто мало ямба и хорея
ушло на ваши души и тела,
на каторге чужой любви старея,
о, сколько я стихов перевела!

Капризы ваши, шеи, губы, щеки,
смесь чудную коварства и проказ —
я все воспела, мы теперь в расчете,
последний раз благословляю вас!

Кто знал меня, тот знает, кто нимало
не знал — поверит, что я жизнь мою,
всю напролет, навытяжку стояла
пред женщиной, да и теперь стою.

Не время ли присесть, заплакать, с места
не двинуться? Невмочь мне, говорю,
быть тем, что есть, и вожаком семейства,
вобравшего зверье и детвору.

Наскучило чудовищем бесполым
быть, другом, братом, сводником, сестрой,
то враждовать, то нежничать с глаголом
пред тем, как стать травою и сосной.

Машинки, взятой в ателье проката,
подстрочников и прочего труда
я не хочу! Я делаюсь богата,
неграмотна, пригожа и горда.

Я выбираю, поступясь талантом,
стать оборотнем с розовым зонтом,
с кисейным бантом и под ручку с франтом.
А что есть ямб — знать не хочу о том!

Лукавь, мой франт, опутывай, не мешкай!
Я скрою от незрячести твоей,
какой повадкой и какой усмешкой
владею я — я друг моих друзей.

Красавицы, ах, это все неправда!
Я знаю вас — вы верите словам.
Неужто я покину вас на франта?
Он и в подруги не годится вам.

Люблю, когда, ступая, как летая,
проноситесь, смеясь и лепеча.
Суть женственности вечно золотая
всех, кто поэт, священная свеча.

Обзавестись бы вашими правами,
чтоб стать, как вы, и в этом преуспеть!
Но кто, как я, сумеет встать пред вами?
Но кто, как я, посмеет вас воспеть?

1973

ОТРЫВОК ИЗ МАЛЕНЬКОЙ ПОЭМЫ О ПУШКИНЕ

1. Он и она

Каков? — Таков: как в Африке, курчав
и рус, как здесь, где вы и я, где север.
Когда влюблен — опасен, зол в речах.
Когда весна — хмур, нездоров, рассеян.

Ужасен, если оскорблен. Ревнив.
Рожден в Москве. Истоки крови — родом
из чуждых пекл, где закипает Нил.
Пульс — бешеный. Куда там нильским водам!

Гневить не следует: настигнет и убьет.
Когда разгневан — страшно смугл и бледен.
Когда железом ранен в жизнь, в живот —
не стонет, не страшится, кротко бредит.

В глазах — та странность, что бело́к белей,
чем нужно для зрачка, который светел.
Негр ремесла, а рыщет вдоль аллей,
как вольный франт. Вот так ее и встретил

в пустой аллее. Какова она?
Божественна! Он смотрит (злой, опасный).
Собаньская (Ржевуской рождена,
но рано вышла замуж, муж — Собаньский,

бесхитростен, ничем не знаменит,
тих, неказист и надобен для виду.
Его собой затмить и заменить
со временем случится графу Витту.

Об этом после). Двадцать третий год.
Одесса. Разом — ссылка и свобода.
Раб, обезумев, так бывает горд,
как он. Ему — двадцать четыре года.

Звать — Каролиной. О, из чаровниц!
В ней все темно и сильно, как в природе.
Но вот письма французский черновик
в моем, почти дословном, переводе.

2. Он – ей

(Ноябрь 1823 года, Одесса)

Я не хочу Вас оскорбить письмом.
Я глуп (зачеркнуто)... Я так неловок
(зачеркнуто)... Я оскудел умом.
Не молод я (зачеркнуто)... Я молод,
но Ваш отъезд к печальному концу
судьбы приравниваю. Сердцу тесно
(зачеркнуто)... Кокетство Вам к лицу
(зачеркнуто)... Вам не к лицу кокетство.
Когда я вижу Вас, я всякий раз
смешон, подавлен, неумен, но верьте
тому, что я (зачеркнуто)... что Вас,
о, как я Вас (зачеркнуто навеки)...

1973

* * *

Завидна мне извечная привычка
быть женщиной и мужнею женою,
но уж таков присмотр небес за мною,
что ничего из этого не вышло.

Храни меня, прищур неумолимый,
в сохранности от всех благополучий,
но обойди твоей опекой жгучей
двух девочек, замаранных малиной.

Еще смеются, рыщут в листьях ягод
и вдруг, как я, глядят с такой же грустью.
Как все, хотела — и поила грудью,
хотела — медом, а вспоила — ядом.

Непоправима и невероятна
в их лицах мета нашего единства.
Уж коль ворона белой уродится,
не дай ей Бог, чтоб были воронята.

Белеть — нелепо, а чернеть — не ново,
чернеть — недолго, а белеть — бсзбрежно.
Все более я пред людьми безгрешна,
все более я пред детьми виновна.

1974

ЧУЖАЯ МАШИНКА

Моя машинка — не моя.
Мне подарил ее коллега,
которому она мала,
а мне — как раз, но я жалела
ее за то, что человек
обрек ее своим повадкам,
и, сделавшись живей, чем вещь,
она страдала, став подарком.
Скучал и бунтовал зверек,
неприрученный нрав насупив,
и отвергал как лишний слог
высокопарнейший мой суффикс.
Пришелец из судьбы чужой
переиначивал мой почерк,
меня неведомой душой
отяготив, но и упрочив.
Снесла я произвол благой,
и сделалось судьбой моею —
всегда желать, чтоб мой глагол
был проще, чем сказать умею.
Пока в себе не ощутишь
последней простоты насущность,
слова твои — пустая тишь,
зачем ее слагать и слушать?
Какое слово предпочесть
словам, их грешному излишку —
не знаю, но всего, что есть,
укор и понуканье слышу.

1974

ДВА ГЕПАРДА

Этот ад, этот сад, этот зоо —
там, где лебеди и зоосад,
на прицеле всеобщего взора
два гепарда, обнявшись, лежат.

Шерстью в шерсть, плотью в плоть
проникая,
сердцем втиснувшись в сердце — вeкá
два гепарда лежат. О, какая,
два гепарда, какая тоска!

Смотрит глаз в золотой, безвоздушный,
равный глаз безысходной любви.
На потеху толпе простодушной
обнялись и лежат, как легли.

Прихожу ли я к ним, ухожу ли —
не слабее с той давней поры
их объятье густое, как джунгли,
и сплошное, как камень горы.

Обнялись — остальное неправда,
ни утрат, ни оград, ни преград.
Только так, только так, два гепарда,
я-то знаю, гепард и гепард.

1974

* * *

Анне Ахматовой

Я завидую ей — молодой
и худой, как рабы на галере:
горячей, чем рабыни в гареме,
возжигала зрачок золотой
и глядела, как вместе горели
две зари по-над невской водой.

Это имя, каким назвалась,
потому что сама захотела, —
нарушенье черты и предела
и востока незваная власть,
так — на северный край чистотела
вдруг — персидской сирени напасть.

Но ее и мое имена
были схожи основой кромешной,
лишь однажды взглянула с усмешкой,
как метелью лицо обмела.
Что же было мне делать — посмевшей
зваться так, как назвали меня?

Я завидую ей — молодой
до печали, но до упаданья
головою в ладонь, до страданья,
я завидую ей же — седой
в час, когда не прервали свиданья
две зари по-над невской водой.

Да, как колокол, грузной, седой,
с вещим слухом, окликнутым зовом,
то ли голосом чьим-то, то ль звоном,
излученным звездой и звездой,
с этим неописуемым зобом,
полным песни, уже неземной.

Я завидую ей — меж корней,
нищей пленнице рая и ада.
О, когда б я была так богата,
что мне прелесть оставшихся дней?
Но я знаю, какая расплата
за судьбу быть не мною, а ей.

1974

* * *

Какое блаженство, что блещут снега,
что холод окреп, а с утра моросило,
что дико и нежно сверкает фольга
на каждом углу и в окне магазина.

Пока серпантин, мишура, канитель
восходят над скукою прочих имуществ,
томительность предновогодних недель
терпеть и сносить — что за дивная участь!

Какая удача, что тени легли
вкруг елок и елей, цветущих повсюду,
и вечнозеленая новость любви
душе внушена и прибавлена к чуду.

Откуда нагрянули нежность и ель,
где прежде таились и как сговорились?
Как дети, что ждут у заветных дверей,
я ждать позабыла, а двери открылись.

Какое блаженство, что надо решать,
где краше затеплится шарик стеклянный,
и только любить, только ель наряжать
и созерцать этот мир несказанный...

Декабрь 1974

* * *

Гие Маргвелашвили

Я столько раз была мертва
иль думала, что умираю,
что я безгрешный лист мараю,
когда пишу на нем слова.

Меня терзали жизнь, нужда,
страх поутру, что все сначала.
Но Грузия меня всегда
звала к себе и выручала.

До чудных слез любви в зрачках
и по причине неизвестной,
о, как, когда б вы знали, — как
меня любил тот край прелестный.

Тифлис, не знаю, невдомек —
каким родителем суровым
я брошена на твой порог
подкидышем большеголовым?

Тифлис, ты мне не объяснял,
и я ни разу не спросила:
за что дарами осыпал
и мне же говорил «спасибо»?

Какую жизнь ни сотворю
из дней грядущих, из тумана, —
чтоб отслужить любовь твою,
все будет тщетно или мало...

1975

ТАРУСА

Марине Цветаевой

I

Какая зелень глаз вам свойственна, однако...
И тьмы подошв — такой травы не изомнут.
С откоса на Оку вы глянули когда-то:
на дне Оки лежит и смотрит изумруд.

Какая зелень глаз вам свойственна, однако...
Давно из-под ресниц обронен изумруд.
Или у вас — ронять в Оку и в глушь оврага
есть что-то зеленей, не знаю, как зовут?

Какая зелень глаз вам свойственна, однако...
Чтобы навек вселить в пространство изумруд,
вам стоило взглянуть и отвернуться: надо
спешить, уже темно и ужинать зовут.

II

Здесь дом стоял. Столетие назад
был день: рояль в гостиной водворили,
ввели детей, открыли окна в сад,
где ныне лют ревнитель викторины.

Ты победил. Виктория — твоя.
Вот здесь был дом, где ныне танцплощадка,
площадка-танц, иль как ее... Видна
звезда небес, как бред и опечатка

в твоем дикоязычном букваре.
Ура, ты победил, недаром злился
и морщил лоб при этих — в серебре,
безумных и недремлющих из гипса.

Дом отдыха — и отдыхай, старик.
Прости меня. Ты не виновен вовсе,
что вижу я, как дом в саду стоит
и музыка витает окон возле.

III

Морская — так иди в свои моря!
Оставь меня, скитайся вольной птицей!
Умри во мне, как в мире умерла,
темно и тесно быть твоей темницей.

Мне негде быть, хоть все это — мое.
Я узнаю твою неблагосклонность
к тому, что сперто, замкнуто, мало.
Ты — рвущийся из душной кожи лотос.

Ступай в моря! Но коль уйдешь с земли,
я без тебя не уцелею. Разве —
как чешуя, в которой нет змеи:
лишь стройный воздух, вьющийся
в пространстве.

IV

Молчали той, зато хвалима эта.
И то сказать — иные времена:
не вняли крику, но целуют эхо,
к ней опоздав, благословив меня.

Зато, ее любившие, брезгливы
ко мне чернила, и тетрадь гола.
Рак на безрыбье или на безглыбье
пригорок — вот вам рыба и гора.

Людской хвале внимая, разум слепнет.
Пред той потупясь, коротаю дни
и слышу вдруг: не осуждай за лепет
живых людей — ты хуже, чем они.

Коль нужно им, возглыбься над низиной
их бедных бед, а рыбья немота
не есть ли крик, неслышимый, но зримый,
оранжево запекшийся у рта.

V

Растает снег. Я в зоопарк схожу.
С почтением и холодком по коже
увижу льва и: — Это лев! — скажу.
Словечко и предметище не схожи.

А той со львами только веселей!
Ей незачем заискивать при встрече
с тем, о котором вымолвит: — Се лев. —
Какая львиность норова и речи!

Я целовала крутолобье волн,
просила море: — Притворись водою!
Страшусь тебя, словно изгнали вон
в зыбь вечности с невнятною звездою.

Та любит твердь за тернии пути,
пыланью брызг предпочитает пыльность
и скажет: — Прочь! Мне надобно пройти. —
И вот проходит — море расступилось.

VI

Как знать, вдруг — мало, а не много:
невхожести в уют, в приют
такой, что даже и острога
столь бесприютным не дают;

мгновения: завидев Блока,
гордыней скул порозоветь,
как больно смотрит он, как блекло,
огромную приемля весть
из детской ручки;

ручки этой,
в страданье о которой спишь,
безумием твоим одетой
в рассеянные грезы спиц;

расчета: властью никакою
немыслимо пресечь твою
гортань и можно лишь рукою
твоею, —

мало, говорю,
всего, чтоб заплатить за чудный
снег, осыпавший дом Трехпрудный,
и пруд, и труд коньков нетрудный,
а гений глаза изумрудный
все знал и все имел в виду.

Две барышни, слетев из детской
светелки, шли на мост Кузнецкий
с копейкой удалой купецкой:
Сочельник, нужно наконец-то
для елки приобресть звезду.

Влекла их толчея людская,
пред строгим Пушкиным сникая,
от Елисеева таская
кульки и свертки, вся Тверская —
в мигании, во мгле, в огне.

Все время важно и вельможно
шел снег, себя даря и множа.
Сережа, поздно же, темно же!
Раз так пройти, а дальше — можно
стать прахом неизвестно где.

1977–1979

ШУТОЧНОЕ ПОСЛАНИЕ К ДРУГУ

Покуда жилкой голубою
безумья орошен висок,
Булат, возьми меня с собою,
люблю твой легонький возок.

Ямщик! Я, что ли, — завсегдатай
саней? Скорей! Пора домой,
в былое. О Булат, солдатик,
родимый, неубитый мой.

А остальное — обойдется,
приложится, как ты сказал.
Вот зал, и вальс из окон льется.
Вот бал, а нас никто не звал.

А все ж — войдем. Там, у колонны...
так смугл и бледен... Сей любви
не перенесть! То — Он. Да Он ли?
Не надо знать, и не гляди.

Зачем дано? Зачем мы вхожи
в красу чужбин, в чужие дни?
Булат, везде одно и то же.
Булат, садись! Ямщик, гони!

Как снег летит! Как снегу много!
Как мною ты любим, мой брат!
Какая долгая дорога
из Петербурга в Ленинград.

1977

ЛЕНИНГРАД

Опять дана глазам награда Ленинграда...
Когда сверкает шпиль, он причиняет боль.
Вы неразлучны с ним, вы — острие и рана,
и здесь всегда твоя второстепенна роль.

Зрачок пронзен насквозь, но зрение на убыль
покуда не идет, и по причине той,
что для него всегда целебен круглый купол,
спасительно простой и скромно золотой.

Невинный Летний сад обрек себя на иней,
но сей изыск списать не предстоит перу.
Осталось, к небесам закинув лоб наивный,
решать: зачем душа потворствует Петру?

Не всадник и не конь, удержанный на месте
всевластною рукой, не слава и не смерть —
их общий стройный жест, изваянный из меди,
влияет на тебя, плоть обращая в медь.

Всяк царь мне дик и чужд. Знать не хочу! И все же
мне не подсудна власть — уставить в землю перст,
и причинить земле колонн и шпилей всходы,
и предрешить того, кто должен их воспеть.

Из Африки изъять и приручить арапа,
привить ожог чужбин Опочке и Твери —
смысл до поры сокрыт, в уме — темно и рано,
но зреет близкий ямб в неграмотной крови...

Так некто размышлял... Однако в Ленинграде
какой февраль стоит, как весело смотреть:
все правильно окрест, как в пушкинской тетради,
раз навсегда, впопад и только так, как есть!

1978

* * *

Не добела раскалена,
и все-таки уже белеет
ночь над Невою.
Ум болеет
тоской и негой молодой.
Когда о купол золотой
луч разобьется предрассветный
и лето входит в Летний сад,
каких наград, каких услад
иных
просить у жизни этой?

1978

ВОЗВРАЩЕНИЕ ИЗ ЛЕНИНГРАДА

Все б глаз не отрывать от города Петрова,
гармонию читать во всех его чертах
и думать: вот гранит, а дышит, как природа...
Да надобно домой. Перрон. Подъезд. Чердак.

Былая жизнь моя — предгорье сих ступеней.
Как улица стара, где жили повара.
Развязно юн пред ней пригожий дом столетний.
Светает, а луна трудов не прервала.

Как велика луна вблизи окна. Мы сами
затеяли жилье вблизи небесных недр.
Попробуем продлить привал судьбы в мансарде:
ведь выше — только глушь, где нас с тобою нет.

Плеск вечности в ночи подтачивает стены
и зарится на миг, где рядом ты и я.
Какая даль видна! И коль взглянуть острее,
возможно различить границу бытия.

Вселенная в окне — букварь для грамотея,
читаю по складам и не хочу прочесть.
Объятую зарей, дымами и метелью,
как я люблю Москву, покуда время есть.

И давешняя мысль — не больше безрассудства.
Светает на глазах, все шире, все быстрей.
Уже совсем светло. Но, позабыв проснуться,
простер Тверской бульвар цепочку фонарей.

1978

* * *

Мы начали вместе: рабочие, я и зима.
Рабочих свезли, чтобы строить гараж с кабинетом
соседу. Из них мне знакомы Матвей и Кузьма
и Павел-меньшой, окруженные кордебалетом.

Окно, под каким я сижу для затеи моей,
выходит в их шум, порицающий силу раствора.
Прошло без помех увядание рощ и полей,
листва поредела, и стало светло и просторно.

Зима поспешала. Холодный сентябрь иссякал.
Затея томила и не давалась мне что-то.
Коль кончилось курево или вдруг нужен стакан,
ко мне отряжали за прибылью Павла-меньшого.

Спрошу: — Как дела? — Засмеется: — Как сажа бела.
То нет кирпича, то застряла машина с цементом.
— Вот-вот, — говорю, — и мои таковы же дела.
Утешимся, Павел, печальным напитком целебным.

Октябрь наступил. Стало Пушкина больше вокруг,
верней, только он и остался в уме и природе.
Пока у зимы не валилась работа из рук,
Матвей и Кузьма на моем появлялись пороге.

— Ну что? — говорят. Говорю: — Для затеи пустой,
наверно, живу. — Ничего, — говорят, — не печалься.
Ты видишь в окно: и у нас то и дело простой.
Тебе веселей: без зарплаты, а все ж — без начальства...

Нежданно-негаданно — невидаль: зной в октябре.
Кирпич и цемент обрели наконец-то единство.

Все травы и твари разнежились в чу́дном тепле,
в саду толчея: кто расцвел, кто воскрес, кто родился.

У друга какого, у юга неужто взаймы
наш север выпрашивал блики, и блески, и тени?
Меня ободряла промашка неловкой зимы,
не боле меня преуспевшей в заветной затее.

Сияет и греет, но рано сгущается темь,
и тотчас же стройка уходит, забыв о постройке.
Как, Пушкин, мне быть в октября девятнадцатый день?
Смеркается – к смерти. А где же друзья, где восторги?

И век мой жесточе, и дар мой совсем никакой.
Все кофе варю и сижу, пригорюнясь, на кухне.
Вдруг – что-то живое ползет меж щекой и рукой.
Слезу не узнала. Давай посвятим ее Кюхле.

Зима отслужила безумье каникул своих
и за ночь такие хоромы воздвигла, что диво.
Уж некуда выше, а снег все валил и валил.
Как строят – не видно, окно – непроглядная льдина.

Мы начали вместе. Зима завершила труды.
Стекло поскребла: ну и ну, с новосельем соседа!
Прилажена крыша, и дым произрос из трубы.
А я все сижу, все гляжу на падение снега.

Вот Павел, Матвей и Кузьма попрощаться пришли.
– Прощай, – говорят. – Мы-то знаем тебя
не по книжкам.
А все же для смеха стишок и про нас напиши.
Ты нам не чужая – такая простая, что слишком...

Ну что же, спасибо, и я тебя крепко люблю,
заснеженных этих равнин и дорог обитатель.
За все рукоделья, за кроткий твой гнев во хмелю,
еще и за то, что не ты моих книжек читатель.

Уходят. Сказали: — К Ноябрьским уж точно сдадим.
Соседу втолкуй: все же праздник, пусть будет
попроще... —
Ноябрь на дворе. И горит мой огонь-нелюдим.
Без шума соседнего в комнате тихо, как в роще.

А что же затея? И в чем ее тайная связь
с окном, возлюбившим строительства скромную
новость?

Не знаю.
Как Пушкину нынче луна удалась!
На славу мутна и огромна, к морозу, должно быть!

1979

САД

Василию Аксенову

Я вышла в сад, но глушь и роскошь
живут не здесь, а в слове: «сад».
Оно красою роз возросших
питает слух, и нюх, и взгляд.

Просторней слово, чем окрестность:
в нем хорошо и вольно, в нем
сиротство саженцев окрепших
усыновляет чернозем.

Рассада неизвестных новшеств,
о, слово «сад» — как садовод,
под блеск и лязг садовых ножниц
ты длишь и множишь свой приплод.

Вместилась в твой объем свободный
усадьба и судьба семьи,
которой нет, и той садовой
потерто-белый цвет скамьи.

Ты плодороднее, чем почва,
ты кормишь корни чуждых крон,
ты — дуб, дупло, Дубровский, почта
сердец и слов: любовь и кровь.

Твоя тенистая чащоба
всегда темна, но пред жарой
зачем потупился смущенно
влюбленный зонтик кружевной?

Не я ль, искатель ручки вялой,
колено гравием красню?
Садовник нищий и развязный,
чего ищу, к чему клоню?

И если вышла, то куда я
все ж вышла? Май, а грязь прочна.
Я вышла в пустошь захуданья
и в ней прочла, что жизнь прошла.

Прошла! Куда она спешила?
Лишь губ пригубила немых
сухую му́ку, сообщила,
что всё — навеки, я — на миг.

На миг, где ни себя, ни сада
я не успела разглядеть.
«Я вышла в сад», — я написала.
Я написала? Значит, есть

хоть что-нибудь? Да, есть, и дивно,
что выход в сад — не ход, не шаг.
Я никуда не выходила.
Я просто написала так:
«Я вышла в сад»...

1980

ИГРЫ И ШАЛОСТИ

Мне кажется, со мной играет кто-то.
Мне кажется, я догадалась — кто,
когда опять усмешливо и тонко
мороз и солнце глянули в окно.

Что мы добавим к солнцу и морозу?
Не то, не то! Не блеск, не лед над ним.
Я жду! Отдай обещанную розу!
И роза дня летит к ногам моим.

Во всем ловлю таинственные знаки,
то след примечу, то заслышу речь.
А вот и лошадь запрягают в санки.
Коль ты велел — как можно не запречь?

Верней — коня. Он масти дня и снега.
Не все ль равно! Ты знаешь сам, когда:
в чудесный день! — для усиленья бега
ту, что впрягли, ты обратил в коня.

Влетаем в синеву и полыханье.
Перед лицом — мах мощной седины.
Но где же ты, что вот — твое дыханье?
В какой союз мы тайный сведены?

Как ты учил — так и темнеет зелень.
Как ты жалел — так и поют в избе.
Весь этот день, твоим родным издельем
хоть отдан мне, — принадлежит Тебе.

А ночью — под угрюмо-голубою,
под собственной твоей полулуной —
как я глупа, что плачу над тобою,
настолько сущим, чтоб шалить со мной.

1 марта 1981
Таруса

РАДОСТЬ В ТАРУСЕ

Я позабыла, что все это есть.
Что с небосводом? Зачем он зарделся?
Как я могла позабыть средь злодейств
то, что еще упаслось от злодейства?

Но я не верила, что упаслось
хоть что-нибудь. Все, я думала, — втуне.
Много ли всех проливателей слез,
всех, не повинных в корысти и в дури?

Время смертей и смертельных разлук,
хоть не прошло, а уму повредило.
Я позабыла, что сосны растут.
Вид позабыла всего, что родимо.

Горестен вид этих маленьких сел,
рощ изведенных, церквей убиенных.
И, для науки изъятых из школ,
множества бродят подростков военных.

Вспомнила: это восход, и встаю,
алчно сочувствуя прибыли света.
Первыми сосны восприимут зарю,
далее всем нам обещано это.

Трем обольщеньям за каждым окном
радуюсь я, словно радостный кто-то.
Только мгновенье меж мной и Окой,
валенки и соучастье откоса.

Маша приходит: «Как, андел, спалось?»
Ангел мой Маша, так крепко, так сладко!
«Кутайся, андел мой, нынче мороз».
Ангел мой Маша, как славно, как ладно!

«В Паршино, любушка, волк забегал,
то-то корова стенала, томилась».
Любушка Маша, зачем он пугал
Паршина милого сирость и смирность?

Вот выхожу, на конюшню бегу.
Я ль незнакомец, что болен и мрачен?
Конь, что белеет на белом снегу,
добр и сластена, зовут его: Мальчик.

Мальчик, вот сахар, но как ты любим!
Глаз твой, отверсто-дрожащий и трудный,
я бы могла перепутать с моим,
если б не глаз — знаменитый и чудный.

В конюхах — тот, чьей безмолвной судьбой
держится общий не выцветший гений.
Как я, главенствуя в роли второй,
главных забыла героев трагедий?

То есть я помнила, помня: нас нет,
если истока нам нет и прироста.
Заново знаю: лицо — это свет,
способ души изъявлять благородство.

Семьдесят два ему года. Вестей
добрых он мало услышал на свете.
А поглядит на коня, на детей —
я погляжу, словно кони и дети.

Где мы берем добродетель и стать?
Нам это — не по судьбе, не по чину.

Если не сгинуть совсем, то — устать
всё не соберемся, хоть имеем причину.

Март между тем припекает мой лоб.
В марте ли лбу предаваться заботе?
«Что же, поедешь со мною, милок?»
Я-то поеду! А вы-то возьмете?

Вот и поехали. Дня и коня,
дня и души белизна и нарядность.
Федор Данилович! Радость моя!
Лишь засмеется: «Ну что, моя радость?»

Слева и справа: краса и краса.
Дым-сирота над деревнею вьется.
Склад неимущества — храм без креста.
Знаю я, знаю, как это зовется.

Ночью, при сильном стеченье светил,
долго смотрю на леса, на равнину.
Господи! Снова меня Ты простил.
Стало быть — можно? Я — лампу придвину.

1–2 марта 1981
Таруса

РЕВНОСТЬ ПРОСТРАНСТВА. 9 МАРТА

Борису Мессереру

Объятье — вот занятье и досуг
В семь дней иссякла маленькая вечность.
Изгиб дороги — и разъятье рук.
Какая глушь вокруг, какая млечность.

Здесь поворот — но здесь не разглядеть
от Паршина к Тарусе поворота.
Стоит в глазах и простоит весь день
все-белизны сплошная поволока.

Даль — в белых нетях, близь — не глубока,
она — белка́, а не зрачка виденье.
Что за Окою — тайна, и Ока —
лишь знание о ней иль заблужденье.

Вплотную к зренью поднесен простор,
нет, привнесен, нет, втиснут вглубь, под веки,
и там стеснен, как непомерный сон,
смелее яви преуспевший в цвете.

Вход в этот цвет лишь ощупи отверст.
Не рыщу я сокрытого порога.
Какого рода белое окрест,
если оно белее, чем природа?

В открытье — грех заглядывать уму,
пусть ум поможет продвигаться телу
и встречный стопор взору моему
зовет, как все его зовут: метелью.

Сужает круг все сущее кругом.
Белеют вместе цельность и подробность.
Во впадине под ангельским крылом
вот так бело и так темно, должно быть.

Там упасают выпуклость чела
от разноцветья и непостоянства.
У грешного чела и ремесла
нет сводника лютее, чем пространство.

Оно — влюбленный соглядатай мой.
Вот мучит белизною самодельной,
но и прощает этой белизной
вину моей отлучки семидневной.

Уж если ты себя творишь само,
скажи: в чем смысл? в чем тайное веленье?
Таруса где? где Паршино-село?
Но, скрытное, молчит стихотворенье.

9–11 марта 1981
Таруса

КОФЕЙНЫЙ ЧЕРТИК

Опять четвертый час. Да что это, ей-богу!
Ну что, четвертый час, о чем поговорим?
Во времени чужом люблю свою эпоху:
тебя, мой час, тебя, веселый кофеин.

Сообщник-гуща, вновь твой черный чертик ожил.
Ему пора играть, но мне-то — спать пора.
Но угодим — ему. Ум на него помножим —
и то, что обретем, отпустим до утра.

Гадаешь ты другим, со мной — озорничаешь.
Попав вовнутрь судьбы, зачем извне гадать?
А если я спрошу, ты ясно означаешь
разлуку, но любовь, и ночи благодать.

Но то, что обрели, — вот парочка, однако.
Их общий бодрый пульс резвится при луне.
Стих вдумался в окно, в глушь снега и оврага,
и, видимо, забыл про чертика в уме.

Он далеко летал, вернулся, но не вырос.
Пусть думает свое, ему всегда видней.
Ведь догадался он, как выкроить и выкрасть
Тарусу, ночь, меня из бесполезных дней.

Эй, чертик! Ты шалишь во мне, а не в таверне.
Дай помолчать стиху вблизи его луны.
Покуда он вершит свое само-творенье,
люблю на труд его смотреть со стороны.

Меня он никогда не утруждал нимало.
Он сочинит свое – я напишу пером.
Забыла – дальше как? Как дальше, тетя Маня?
Ах да, там дровосек приходит с топором.

Пока же стих глядит, что делает природа.
Коль тайну сохранит и не предаст словам –
пускай! Я обойдусь добычею восхода.
Вы спали – я его сопроводила к вам.

Всегда казалось мне, что в достиженье рани
есть лепта и моя, есть тайный подвиг мой.
Я не ложилась спать, а на моей тетради
усталый чертик спит, поникнув головой.

Пойду, спущусь к Оке для первого поклона.
Любовь души моей, вдруг твой ослушник – здесь
и смеет говорить: нет воли, нет покоя,
а счастье – точно есть. Это оно и есть.

12 марта 1981
Таруса

РАССВЕТ

Светает раньше, чем вчера светало.
Я в шесть часов проснулась, потому что
в окне — так близко, как во мне, —
вещая, капель бубнила, предсказаньем муча.

Вот голосок, разорванный на всхлипы,
возрос в струю и в стройное стенанье.
Маслины цвета превратились в сливы:
вода синеет на столе в стакане.

Рассвет все гуще набирает силу,
бросает в снег и в слух синичью стаю.
Зрачки, наверно, выкрашены синью,
но зеркало синё — я не узнаю.

Так совершенно наполненье зренья,
что не хочу зари, хоть долгожданна.
И — ненасытным баловнем мгновенья —
смотрю на синий томик Мандельштама.

22 марта 1981
Таруса

НЕПОСЛУШАНИЕ ВЕЩЕЙ

Что говорить про вольный дух свечей –
все подлежим их ворожбе и сглазу.
Иль неодушевленных нет вещей,
иль мне они не встретились ни разу.

У тех, что мне известны, – норов крут.
Не перечесть их вспыльчивых поступков.
То пропадут, то невпопад придут,
свой тайный глаз сокрыв, но и потупив.

Сейчас вот потешались надо мной:
В е щ ь – щелкала не для, а вместо света,
и заточенный в трубы водяной
не дал воды и задрожал от смеха.

Всю эту ночь, от хваткости к стихам,
включатель тьмы пощелкивал над слухом,
просил воды назойливый стакан
и жадный кран, как щедрый филин, ухал.

Удел вещей: спешить куда-то вдаль.
Вчера, под вечер, шаль мне подарили –
под утро зябнет и скучает шаль,
ей невтерпеж обнять плеча другие.

Я понукаю их свободный бег –
пусть будет пойман чьей-нибудь рукою,
как этот вольный быстротечный снег,
со всех холмов сзываемый Окою.

Я не умела вещи приручать.
Их своеволье оставляю людям.
Придвиньтесь ближе, лампа и тетрадь.
Мы никакую вещь не обессудим.

Сейчас, сей миг, от сей строки — рука
отпрянула, я ей перекрестилась:
для шумного, из недр души, зевка
дверь шкафа распахнулась и закрылась.

В ночь на 23 и 23 марта 1981
Таруса

ЛЕБЕДИН МОЙ

Все в лес хожу. Заел меня репей.
Не разберусь с влюбленною колючкой:
она ли мой, иль я ее трофей?
Так и живу в губернии Калужской.

Рыбак и я вдвоем в ночи сидим.
Меж нами — рощи соловьев всенощных.
И где-то: Лебедин мой, Лебедин —
заводит наш невидимый сообщник.

Костер внизу и свет в моем окне —
в союзе тайном, в сговоре иль в споре.
Что думает об этом вот огне
тот простодушный, что погаснет вскоре?

Живем себе, не ищем новостей.
Но иногда и в нашем курослепе
гостит язык пророчеств и страстей
и льется кровь, как в Датском королевстве.

В ту пятницу, какого-то числа —
еще моя черемуха не смерклась —
соотносили ласточек крыла́
глушь наших мест и странствий
кругосветность.

Но птичий вздор души не бередил
мечтаньем о теплынях тридесятых.
Возлюбим, Лебедин мой, Лебедин,
прокорма убыль и снегов достаток.

Да, в пятницу, чей приоткрытый вход
в субботу — все ж обидная препона
перед субботой, весь честной народ
с полдня искал веселья и приволья.

Ладыжинский задиристый мужик,
истопником служивший по соседству,
еще не знал, как он непрочно жив
вблизи субботы, подступившей к сердцу.

Но как-то он скучал и тосковал.
Ему не полегчало от аванса.
Запасся камнем. Поманил: — Байкал! —
Но не таков Байкал, чтоб отозваться.

Уж он-то знает, как судьбы бежать.
Всяк брат его — здесь мертв или калека.
И цел лишь тот, рожденный обожать,
кто за версту обходит человека.

Развитие событий торопя,
во двор вошли знакомых два солдата,
желая наточить два топора
для плотницких намерений стройбата.

К точильщику помчались. Мотоцикл —
истопника, чей обречен затылок.
Дождь моросил. А вот и магазин.
Купили водки: дюжину бутылок.

— Куда вам столько, черти? — говорю,
показывала утром продавщица.
Ответили: — Чтоб матушку твою
нам помянуть, а после похмелиться.

Как воля весела и велика!
Хоть и не все меж ними ладно было.

Истопнику любезная Ока
для двух других — насильная чужбина.

Он вдвое старше и умнее их —
не потому, чтоб школа их учила
по-разному, а просто истопник
усмешливый и едкий был мужчина.

Они — моложе вдвое и пьяней.
Где видано, чтоб юность лебезила?
Нелепое для пришлых их ушей,
их раздражало имя Лебедина.

В удушливом насупленном уме
был заперт гнев и требовал исхода.
О том, что оставалось на холме,
два беглеца не думали нисколько.

Как страшно им уберегать в лесах
родимой жизни бедную непрочность.
Что было в ней, чтоб так ее спасать
в березовых, опасно-светлых рощах?

Когда субботу к нам послал восток,
с того холма, словно дымок ленивый,
всплыл души невзрачный завиток
и повисел недолго над Ладыгой.

За сорок верст сыскался мотоцикл.
Бег загнанный будет изловлен в среду.
Хоть был нетрезв, кто топоры точил,
возмездие шло по прямому следу.

Мой свет горит. Костер внизу погас.
Пусть скрип чернил над непросохшим словом
как хочет, так распутывает связь
сюжета с непричастным рыболовом.

Отпустим спать чужую жизнь. Один
рассудок лампы бодрствует в тумане.
Ответствуй, Лебедин мой, Лебедин,
что нужно смерти в нашей глухомани?

Печальный от любви и от вина,
уж спрашивает кто-то у рассвета:
— Где, Лебедин, лебедушка твоя?
Идут века. Даль за Окой светла.
И никакого не слыхать ответа.

Май 1981 — 6 марта 1982
Таруса

ВОЗВРАЩЕНИЕ В ТАРУСУ

Пред Окой преклоненность земли
и к Тарусе томительный подступ.
Медлил в этой глубокой пыли
стольких странников горестный посох.

Нынче май, и растет желтизна
из открытой земли и расщелин.
Грустным знаньем душа стеснена:
этот миг бытия совершенен.

К церкви Беховской ластится глаз.
Раз еще оглянусь — и довольно.
Я б сказала, что жизнь — удалась,
все сбылось, и нисколько не больно.

Просьбы нет у пресыщенных уст
к благолепью цветущей равнины.
О, как сир этот рай и как пуст,
если правда, что нет в нем Марины.

16 (и 23) мая 1981
Таруса

ПРЕПИРАТЕЛЬСТВА И ПРИМИРЕНИЯ

Вниз, к Оке, упадая сквозь лес,
первоцвет упасая от следа.
Этот, в дрожь повергающий, блеск
мной воспет и добыт из-под снега.

— Я вернулась, Ока! — Ну, так что ж, —
отвечало Оки выраженье. —
Этот блеск, повергающий в дрожь,
не твое, а мое достиженье.

— Но не я ли сподвижник твоих
льда недвижного и ледохода?
— Ты не ведаешь, что говоришь.
Ты жива и еще не природа.

— Я всю зиму хранила тебя,
словно берег твой третий и тайный.
— Я не знаю тебя. Я текла
самовластно, прохожий случайный.

— Я лишь третьего дня над Курой
без твоих тосковала излучин.
— Кто теплынью отчизны второй
обольщен — пусть уходит, он скучен.

Зачерпнула воды, напилась
не любезной и скаредной влаги.
Разделяли Оки неприязнь
раболепные лес и овраги.

Чтоб простили меня — сколько лет
мне осталось? Кукушка умолкла.
О, как мало, овраги и лес!
Как печально, как ярко, как мокро!

Все, что я воспевала зимой,
лишь весну ныне любит, весну лишь.
Благоденствуй, воспетое мной!
Ты воспомнишь меня и возлюбишь.

Возымевшей в бессонном зрачке
заводь мглы, где выводится слово,
без меня будет мало Оке
услаждать полусон рыболова.

— Оглянись! — донеслось. — Оглянись!
Там ручей упирался в запруду.
Я подумала: цвет медуниц
не забыть описать. Не забуду.

Пред лицом моим солнце зашло,
Справа — Серпухов, слева — Алексин.
— Оглянись! — донеслось. — Ни за что. —
Трижды розово небо над лесом.

Слив двоюродно-близких цветов:
от лилового неотделимы
фиолетовость детских стихов —
на полях с отпечатком малины.

Такова ж медуница для глаз,
только синее — гуще и ниже.
Чей-то голос, в который уж раз:
— Оглянись! — умолял. — Оглянись же!

Оглянулась. Закрыла глаза.
Этот блеск, повергающий в ужас
обожанья, я знаю, Ока.
Как ты любишь меня, как ревнуешь

— О, прости! — я просила Оку.
Я опять поднималась на сцену.
Поклонюсь — и писать не могу;
поглядеть на бумагу не смею.

Неопрятен и славен удел
ведать хладом, внушаемым залу.
Голос мой обольщает людей.
Это грех или долг — я не знаю.

Это страх так отважно поет,
обманув стадион бледнолицый.
Горла алого рваный проем
был ли издали схож с медуницей?

Я лишь здесь совершенно не лгу.
Хоть за это пошли мне прощенья.
Здесь впервые мой след на снегу
я увидела без отвращенья.

«Это кто-то хороший стоял», —
я подумала и засмеялась.
Я-то знала, как путник устал,
как ему этой ночью писалось.

Я жалею февраль мой и март.
Сердце как-то задумчиво бьется.
Куковал многократный обман:
время есть! все еще обойдется!

Что сулят мне меж мной и Окой
препирательства и примиренья —
от строки я узнаю другой,
не из этого стихотворенья.

16, 18–19 мая 1981
Таруса

ЧЕРЕМУХА

Когда влюбленный ум был мартом очарован,
сказала: досижу, чтоб ночи отслужить,
до утренней зари, и дольше — до черемух,
подумав: досижу, коль Бог пошлет дожить.

Сказала — от любви к немыслимости срока,
нюх в имени цветка не узнавал цветка.
При мартовской луне чернела одиноко —
как вехи сквозь метель — простертая строка.

Стих обещал, а Бог позволил — до черемух
дожить и досидеть: перед лицом моим
сияет бледный куст, так уязвим и робок,
как будто не любим, а мучим и гоним.

Быть может, он и впрямь терзаем обожаньем.
Он не повинен в том, что мной предрешено.
Так бедное дитя отцовским обещаньем
помолвлено уже, еще не рождено.

Покуда, тяжко пав на южные ограды,
вакхически цвела и нежилась сирень,
Арагву променять на мрачные овраги
я в этот раз рвалась; о, только бы скорей!

Избранница стиха, соперница Тифлиса,
сейчас из лепестков, а некогда из букв!
О, только бы застать в кулисах бенефиса
пред выходом на свет ее младой испуг.

Нет, здесь еще свежо, еще не могут ветлы
потупленных ветвей изъять из полых вод.
Но вопрошал мой страх: что с нею? не цветет ли?
Сказали: не цветет, но расцветет вот-вот.

Не упустить ее пред-первое движенье —
туда, где спуск к Оке становится полог.
Она не расцвела! — ее предположенье
наутро расцвести я забрала в полон.

Вчера. Немного тьмы. И вот уже: сегодня.
Слабеют узелки стесненных лепестков —
и маленького рта желает знать зевота:
где свеже-влажный корм, который им иском.

Очнулась и дрожит. Над ней лицо и лампа.
Ей стыдно расцветать во всю красу и стать.
Цветок, как нагота разбуженного глаза,
не может разглядеть: зачем не дали спать.

Стих, мученик любви, прими ее немилость!
Что раболепство ей твоих-моих чернил!
О, эта не из тех, чья верная взаимность
объятья отворит и скуку причинит.

Так ночь, и день, и ночь склоняюсь перед нею.
Но в чем далекий смысл той мартовской строки?
Что с бедной головой? Что с головой моею?
В ней, словно мотыльки, пестреют пустяки.

Там, где рабочий пульс под выпуклое темя
гнал надобную кровь и управлялся сам,
там впадина теперь, чтоб не стеснять растенья,
беспамятный овраг и обморочный сад.

До утренней зари... не помню... до чего-то,
к чему не перенесть влеченья и тоски,

чей паутинный клей... чья липкая дремота
висит между висков, где вязнут мотыльки...

Забытая строка во времени повисла.
Пал первый лепесток, и грустно, что — к теплу.
Всегда мне скушен был выискиватель смысла,
и угодить ему я не могу: я сплю.

17 мая 1981
Таруса

* * *

Есть тайна у меня от чудного цветенья,
здесь было б: чуднАГО — уместней написать.
Не зная новостей, на старый лад желтея,
цветок себе всегда выпрашивает «ять».

Где для него возьму услад правописанья,
хоть первороден он, как речи приворот?
Что — речь, краса полей и ты, краса лесная,
как не ответный труд вобравших вас аорт?

Лишь грамота и вы — других не видно родин.
Коль вытоптан язык — и вам не устоять.
Светает, садовод! Светает, огородник!
Что ж, потянусь и я возделывать тетрадь.

Я этою весною все встретила растенья.
Из-под земли их ждал мой повивальный взор.
Есть тайна у меня от чудного цветенья.
И как же ей не быть? Все, что не тайна, — вздор.

Отраден первоцвет для зренья и для слуха. —
Эй, ключики! — скажи — он будет тут как тут.
Не взыщет, коль дразнить: баранчики! желтуха!
А грамотеи — чтут и буквицей зовут.

Ах, буквица моя, все твой букварь читаю.
Как азбука проста, которой невдомек,
что даже от тебя я охраняю тайну,
твой ключик золотой ее не отомкнет.

Фиалки прожила, и проводила в старость
уменье медуниц изображать закат.
Черемухе моей — и той не проболталась,
под пыткой божества и под его диктант.

Уж вишня расцвела, а яблоня на завтра
оставила расцвесть... и тут же, вопреки
пустым словам, в окне, так близко и внезапно
прозрел ее цветок в конце моей строки.

Стих падает пчелой на стебли и на ветви,
чтобы цветочный мед названий целовать.
Уже не знаю я: где слово, где соцветье?
Но весь цветник земной — не гуще, чем словарь.

В отместку мне — пчела в мою строку влетела.
В чужую страсть впилась ошибка жадных уст.
Есть тайна у меня от чудного цветенья.
Но ландыш расцветет — и я проговорюсь.

22 мая 1981
Таруса

* * *

Я лишь объем, где обитает что-то,
чему малы земные имена.
Сооруженье из костей и пота —
его угодья, а не плоть моя.

Его не знаю я: смысл-незнакомец,
вселившийся в чужую конуру —
хозяев выжить, прянуть в заоконность,
не оглянуться, если я умру.

О слово, о несказанное слово!
Оно во мне качается смелей,
чем я, в светопролитье небосклона,
качаюсь дрожью листьев и ветвей.

Каков окликнуть безымянность способ?
Не выговорю и не говорю...
Как слово звать — у словаря не спросишь,
покуда сам не скажешь словарю.

Мой притеснитель тайный и нетленный,
ему в тисках известного — тесно́.
Я растекаюсь, становлюсь вселенной,
мы с нею заодно, мы с ней — одно.

Есть что-то. Слова нет. Но грозно кроткий
исток его уже любовь исторг.
Уж видно, как его грядущий контур
вступается за братьев и сестер.

Как это все темно, как бестолково.
Кто брат кому и кто кому сестра?
Всяк всякому. Когда приходит слово,
оно не знает дальнего родства.

Оно в уста целует бездыханность.
И вдох ответа — явен и велик.
Лишь слово попирает бред и хаос
и смертным о бессмертье говорит.

1982

ГУСИНЫЙ ПАРКЕР

Когда, под бездной многостройной,
вспять поля белого иду,
восход моей звезды настольной
люблю я возыметь в виду.

И кажется: ночной равниной,
чья даль темна и грозен верх,
идет, чужим окном хранимый,
другой какой-то человек.

Вблизи завидев бесконечность,
не удержался б он в уме,
когда б не чьей-то жизни встречность,
одна в неисчислимой тьме.

Кто тот, чьим горестным уделом
терзаюсь? Вдруг не сыт ничем?
Униженный, скитался где он?
Озябший, сыщет ли ночлег?

Пусть будет мной — и поскорее,
вот здесь, в мой лучший час земной.
В других местах, в другое время
он прогадал бы, ставши мной.

Оставив мне снегов раздолье,
вот он свернул в мое тепло.
Вот в руки взял мое родное
злато-гусиное перо.

Ему кофейник бодро служит.
С пирушки шлют гонца к нему.
Но глаз его раздумьем сужен
и ум его брезглив к вину.

А я? В ладыжинском овраге
коли не сгину – огонек
увижу и вздохну: навряд ли
дверь продавщица отомкнет.

Эх, тьма, куда не пишут письма!
Что продавщица! – у ведра
воды не выпросишь напиться:
рука слаба, вода – тверда.

До света нового, до жизни
мне б на печи не дотянуть,
но ненавистью к продавщице
душа спасется как-нибудь.

Зачем? В помине нет аванса.
Где вы, моих рублей дружки?
А продавщица – самовластна,
как ни грози, как ни дрожи.

Ну, ничего, я отскитаюсь.
С получки я развею грусть:
и с продавщицей расквитаюсь,
и с тем солдатом разберусь.

Ты спятил, Паркер, ты ошибся!
Какой солдат? – Да тот, узбек.
Волчицей стала продавщица
в семь без пяти. А он – успел.

Мой Паркер, что тебе в Ладыге?
Очнись, ты родом не отсель.

Зачем ты предпочел латыни
докуку наших новостей?

Светает во снегах отчизны.
А расторопный мой герой
еще гостит у продавщицы:
и смех, и грех, и пир горой.

Там пересуды у колодца.
Там Масленицы чад и пыл.
Мой Паркер сбивчиво клянется,
что он там был, мед-пиво пил.

Мой несравненный, мой гусиный,
как я люблю, что ты смешлив,
единственный и неусыпный
сообщник тайных слез моих.

23–25 февраля 1982
Таруса

ЗВУК УКАЗУЮЩИЙ

Звук указующий, десятый день
я жду тебя на паршинской дороге.
И снова жду под полною луной.
Звук указующий, ты где-то здесь.
Пади в отверстой раны плодородье.
Зачем таишься и следишь за мной?

Звук указующий, пусть велика
моя вина, но велика и мука.
И чей, как мой, тобою слух любим?
Меня прощает полная луна.
Но нет мне указующего звука.
Нет звука мне. Зачем он прежде был?

Ни с кем моей луной не поделюсь,
да и она другого не полюбит.
Жизнь замечает вдруг, что — пред-мертва.
Звук указующий, я предаюсь
игре с твоим отсутствием подлунным.
Звук указующий, прости меня.

29–30 марта 1983
Таруса

* * *

Как много у маленькой музыки этой
завистников: все так и ждут, чтоб ушла.
Теснит ее сборища гомон несметный
и поедом ест приживалка нужда.

С ней в тяжбе о детях сокрытая му́ка —
виновной души неусыпная тень.
Ревнивая воля пугливого звука
дичится обобранных ею детей.

Звук хочет, чтоб вовсе был узок и скуден
сообщников круг: только стол и огонь
настольный. При нем и собака тоскует,
мешает, затылок сует под ладонь.

Гнев маленькой музыки, загнанной в нети,
отлучки ее бытию не простит.
Опасен свободно гуляющий в небе
упущенный и неприкаянный стих.

Но где все обидчики музыки этой,
поправшей величье житейских музы́к?
Наивный соперник ее безответный,
укройся в укрытье, в изгои изыдь.

Для музыки этой возможных нашествий
возлюбленный путник пускается в путь.
Спроважен и малый ребенок, нашедший
цветок, на который не смею взглянуть.

О путнике милом заплакать попробуй,
попробуй цветка у себя не отнять —
изведаешь маленькой музыки робкой
острастку, и некому будет пенять.

Чтоб музыке было являться удобней,
в чужом я себя заточила дому.
Я так одинока средь сирых угодий,
как будто не есмь, а мерещусь уму.

Черемухе быстротекущей внимая,
особенно знаю, как жизнь не прочна.
Но маленькой музыке этого мало:
всех прочь прогнала, а сама не пришла.

3 мая 1983
Таруса

* * *

Андрею Битову

Отселева за тридевять земель
кто окольцует вольное скитанье
ночного сна? Наш деревенский хмель
всегда грустит о море-окияне.

Немудрено. Не так уж мы бедны:
когда весны событья утрясутся,
вокруг Тарусы явственно видны
отметины Нептунова трезубца.

Наш опыт старше младости земной.
Из чуд морских содеяны каменья.
Глаз голубой над кружкою пивной
из дальних бездн глядит высокомерно.

Вселенная — не где-нибудь, вся — тут.
Что достается прочим зреньям, если
ночь напролет Юпитер и Сатурн
пекутся о занесшемся уезде.

Что им до нас? Они пришли не к нам.
Им недосуг разглядывать подробность.
Они всесущий видят океан
и волн всепоглощающих огромность.

Несметные проносятся валы.
Плавник одолевает время о́но,
и голову подъемлет из воды
все то, что вскоре станет земноводно.

Лишь рассветет — приокской простоте
тритон заблудший попадется в сети.
След раковины в гробовой плите
уводит мысль куда-то дальше смерти.

Хоть здесь растет — нездешнею тоской
клонима многознающая ива.
Но этих мест владычицы морской
на этот раз не назову я имя.

18–19 мая 1983
Таруса

* * *

Борису Мессереру

Когда жалела я Бориса,
а он меня в больницу вез,
стихотворение «Больница»
в глазах стояло вместо слез.

И думалось: уж коль поэта
мы сами отпустили в смерть
и как-то вытерпели это, —
все остальное можно снесть.

И от минуты многотрудной
как бы рассудок ни устал, —
ему одной достанет чу́дной
строки про перстень и футляр.

Так ею любовалась память,
как будто это мой алмаз,
готовый в черный бархат прянуть,
с меня востребуют сейчас.

Не тут-то было! Лишь от улиц
меня отъединил забор,
жизнь удивленная очнулась,
воззрилась на больничный двор.

Двор ей понравился. Не меньше
ей нравились кровать, и суп,
столь вкусный, и больных насмешки
над тем, как бледен он и скуп.

Опробовав свою сохранность,
жизнь стала складывать слова
о том, что во дворе — о радость! —
два возлежат чугунных льва.

Львы одичавшие — привыкли,
что кто-то к ним щекою льнет.
Податливые их загривки
клялись в ответном чувстве львов.

За все черты, чуть-чуть иные,
чем принято, за не вполне
разумный вид — врачи, больные —
все были ласковы ко мне.

Профессор, коей все боялись,
войдет со свитой, скажет: «Ну-с,
как ваши львы?» — и все смеялись,
что я боюсь и не смеюсь.

Все люди мне казались правы,
я вникла в судьбы, в имена,
и стук ужасной их забавы
в саду — не раздражал меня.

Я видела упадок плоти
и грубо поврежденный дух,
но помышляла о субботе,
когда родные к ним придут.

Пакеты с вредоносно-сильной
едой, объятья на скамье —
весь этот праздник некрасивый
был близок и понятен мне.

Как будто ничего вселенной
не обещала, не должна —

в алмазик бытия бесценный
вцепилась жадная душа.

Всё ярче над небесным краем
двух зорь единый пламень рос.
— Неужто все еще играет
со львами? — слышался вопрос.

Как напоследок жизнь играла,
смотрел суровый окуляр.
Но это не опровергало
строки про перстень и футляр.

Июнь 1984
Ленинград

* * *

Какому ни предамся краю
для ловли дум, для траты дней, —
всегда в одну игру играю
и много мне веселья в ней.

Я знаю: скрыта шаловливость
в природе и в уме вещей.
Лишь недогадливый ленивец
не зван соотноситься с ней.

Люблю я всякого предмета
притворно-благонравный вид.
Как он ведет себя примерно,
как упоительно хитрит!

Так быстрый взор смолянки нежной
из-под опущенных ресниц
сверкнет — и старец многогрешный
грудь в орденах перекрестит.

Как все ребячливо на свете!
Все вещества и существа,
как в угол вдвинутые дети,
понуро жаждут озорства.

Заметят, что на них воззрилась
любовь, — восторгов и щедрот
не счесть! И бытия взаимность —
сродни щенку иль сам щенок.

Совсем я сбилась с панталыку!
Рука моя иль чья-нибудь
пускай потреплет по затылку
меня, чтоб мысль ему вернуть.

Не образумив мой загривок,
вид из окна — вошел в окно,
и тварей утвари игривой
его вторженье развлекло.

Того оспорю неужели,
чье имя губы утаят?
От мысли станет стих тяжеле,
пусть остается глуповат.

Пусть будет вовсе глуп и волен.
Ко мне утратив интерес,
рассудок белой ночью болен.
Что делать? Обойдемся без.

Начнем: мне том в больницу прислан.
Поскольку принято капризам
возлегших на ее кровать
подобострастно потакать,
по усмотренью доброты
ему сопутствуют цветы.

Один в палате обыватель:
сам сочинит и сам прочтет.
От сочинителя читатель
спешит узнать: разгадка в чем?

Скажу ему, во что играю.
Я том заветный открываю,
смеюсь и подношу цветок
стихотворению «Цветок».

О, сколько раз все это было:
и там, где в милый мне овраг
я за черемухой ходила
или ходила просто так,

и в робкой роще подмосковной,
и на холмах вблизи Оки —
насильный, мною не искомый,
накрапывал пунктир строки.

То мой, то данный мне читальней,
то снятый с полки у друзей,
брала я том для страсти тайной,
для прочной прихоти моей.

Подснежники и медуницы
и все, что им вослед растет,
привыкли съединять страницы
с произрастаньем милых строк.

В материальности материй
не сведущий — один цветок
мертворожденность иммортелей
непринужденно превозмог.

Мы знаем, что в лесу иль в поле,
когда — не знаем, он возрос.
Но сколько выросших в неволе
ему я посвятила роз.

Я разоряла их багряность,
жалеючи, рукой своей.
Когда мороз — какая радость
сказать: «Возьми ее скорей».

Так в этом мире беззащитном,
на трагедийных берегах,

моим обмолвкам и ошибкам
я предаюсь с цветком в руках.

И рада я, что в стольких книгах
останутся мои цветы,
что я повинна только в играх,
что не черны мои черты,

что розу не отдавший вазе,
еще не сущий аноним
продлит неутолимость связи
того цветка с цветком иным.

За это — столько упоений,
и две зари в одном окне,
и весел Тот, чей бодрый гений
всегда был милостив ко мне.

Июнь 1984
Ленинград

* * *

Александру Блоку

Бессмертьем душу обольщая,
все остальное отстранив,
какая белая, большая
в окне больничном ночь стоит.

Все в сборе: муть окраин, гавань,
вздохнувшая морская близь,
и грезит о герое главном
собранье действующих лиц.

Поймем ли то, что разыграют,
покуда будет ночь свежеть?
Из умолчаний и загадок
составлен роковой сюжет.

Тревожить имени не стану,
чей первый и последний слог
непроницаемую тайну
безукоризненно облек.

Все сказано — и все сокрыто.
Совсем прозрачно — и темно.
Чем больше имя знаменито,
тем неразгаданней оно.

А это, от чьего наитья
туманно в сердце молодом, —
тайник, запретный для открытья,
замкнувший створки медальон.

Когда смотрел в окно вагона
на вспышки засух торфяных,
он знал, как грозно и огромно
предвестье бед, и жаждал их.

Зачем? Непостижимость таинств,
которые он взял с собой,
пусть называет чужестранец
Россией, фатумом, судьбой.

Что видел он за мглой, за гарью?
Каким был светом упоен?
Быть может, бытия за гранью
мы в этом что-нибудь поймем.

Все прозорливее, чем гений.
Не сведущ в здравомыслье зла,
провидит он лишь высь трагедий.
Мы видим, как их суть низка.

Чего он ожидал от века,
где всё — надрыв и всё — навзрыд?
Не снесший пошлости ответа,
так бледен, что уже незрим.

Искавший мук, одну лишь му́ку:
не петь — поющий не учел.
Вослед замученному звуку
он целомудренно ушел.

Приняв брезгливые проклятья
былых сподвижников своих,
пал кротко в лютые объятья,
своих убийц благословив.

Поступок этой тихой смерти
так совершенен и глубок.

Все приживается на свете,
и лишь поэт уходит в срок.

Одно такое у природы
лицо. И остается нам
смотреть, как белой ночи розы
всё падают к его ногам.

Июнь 1984
Ленинград

СТЕНА

Юрию Ковалю

Вид из окна: кирпичная стена.
Строки или палаты посетитель
стены моей пугается сперва.
— Стена и взор, проснитесь и сойдитесь! —
я говорю, хоть мало я спала,
под утро неусыпностью пресытясь.

Двух розных зорь неутолима страсть,
и ночь ее обходит стороною.
Пусть вам смешно, но такова же связь
меж мною и кирпичною стеною.
Больничною диковинкою став,
я не остерегаюсь быть смешною.

Стена моя, всс трудишься, корпишь
для цели хоть полезной, но не новой.
Скажи, какою ныне окропишь
мою бумагу мыслью пустяковой?
Как я люблю твой молодой кирпич
за тайный смысл его средневековый.

Стене присущ былых времен акцент.
Пред-родствен ей высокородный за́мок.
Вот я сижу: вельможа и аскет,
стены моей заносчивый хозяин.
Хочу об этом поболтать — но с кем?
Входил доцент, но он суров и занят.

Еще и тем любезна мне стена,
что четко окорачивает зренье.
Иначе мысль пространна, не стройна,
как пуха тополиного паренье.
А так — в ее вперяюсь письмена
и списываю с них стихотворенье.

Но если встать с кровати, сесть левей,
сидеть всю ночь и усидеть подоле,
я вижу, как усердье тополей
мне шлет моих же помыслов подобье,
я слышу близкий голос кораблей,
проведавший больничное подворье.

Стена — ревнива: ни щедрот, ни льгот.
Мгновенье — и ощерятся бойницы.
Она мне не показывает львов,
сто лет лежащих около больницы.
Чтоб мне не видеть их курчавых лбов,
встает меж нами с выраженьем львицы.

Тут наш разлад. Я этих львов люблю.
Всех, кто не лев, пускай берут завидки.
Иду ко львам, верней — ко льву и льву
и глажу их чугунные загривки.
Потом стене подобострастно лгу,
что к ним ходила только из-за рифмы.

В том главное значение стены,
что скрыт за нею город сумасходный.
Он близко — только руку протяни.
Но есть препона совладать с охотой
иметь. Не возымей, а сотвори
все надобное, властелин свободный.

Все то, что взять могу и не беру:
дворцы разъединивший мост Дворцовый

(и Меншиков опять не ко двору),
и Летний сад, и, с нежностью особой,
всех львов моих — я отдаю Петру.
Пусть наведет порядок образцовый.

Потусторонний (не совсем иной —
застенный) мир меня ввергает в ужас.
Сегодня я прощаюсь со стеной,
перехожу из вымысла в насущность.
Стена твердит, что это бред ночной, —
не ей бы говорить, не мне бы слушать.

Здесь измышленья, книги и цветы
со мной следили дня и ночи смену
(с трудом — за неименьем темноты).
Стена, прощай. Поднять глаза не смею.
Преемник мой, как равнодушно ты,
как слепо будешь видеть эту стену.

Июнь 1984
Ленинград

* * *

Такая пала на́ душу метель:
ослепли в ней и заплутали кони.
Я в элегантный въехала мотель,
где и сижу в шезлонге на балконе.

Вот так-то, брат ладыжинский овраг.
Я знаю силу твоего week-end'а,
но здесь такой у барменов аврал, —
прости, что говорю интеллигентно.

Въезжает в зренье новый лимузин.
Всяк флаг охоч до нашего простора.
Отечество юлит и лебезит:
Алёшки – ладно, но и Льва Толстого.

О бедное отечество, прости!
Не все ж гордиться и грозить чумою.
Ты приворотным зельем обольсти
гостей желанных — пусть тряхнут мошною.

С чего я начала? Шезлонг? Лонгшез?
Как ни скажи — а все сидеть тоскливо.
Но сколько финнов! Уж не все ли здесь,
где нет иль мало Финского залива?

Не то что он отсутствует совсем,
но обитает за глухой оградой.
Мне нравится таинственный сосед,
невидимый, но свежий и отрадный.

Его привет щекою и плечом
приму — и вновь затворничаем оба.
Но — Финский он. Я — вовсе ни при чем,
хоть почитатель финского народа.

Не мне судить: повсюду и всегда
иль только здесь, где кемпинг и суббота,
присуща людям яркая черта
той красоты, когда душа свободна.

Да и не так уж скрытен их язык.
Коль придан Вакху некий бог обратный,
они весь день кричат ему: «Изыдь!»,
не размыкая рюмок и объятий.

Но и моя вдруг засверкала жизнь.
Содержат трех медведиц при мотеле.
Невольно стала с ними я дружить,
на что туристы с радостью глядели.

Поэт. Медведь. Все-детское «Ура!».
Мы шествуем с медведицей моею.
Не обессудь, великая страна,
тебя я прославляю, как умею.

Какой успех! Какая благодать!
Аттракционом и смешным, и редким
могли бы мы валюту добывать
столь нужную — да возбранил директор.

Что делать дале? Я живу легко.
Событий — нет. Занятия — невинны.
Но в баре, глянув на мое лицо,
вдруг на мгновенье умолкают финны.

Июнь—июль 1984
Мотель-кемпинг «Ольгино»

ПОСТОЙ

Не полюбить бы этот дом чужой,
где звук чужой пеняет без утайки
пришельцу, что еще он не ушел:
де, странник должен странствовать, не так ли?

Иль полюбить чужие дом и звук:
уменьшиться, привадиться, втесаться,
стать приживалой сущего вокруг,
свое – прогнать и при чужом остаться?

Вокруг – весны разор и красота,
сырой песок, ведущий в Териоки.
Жилец корпит и пишет: та-та-та, –
диктант насильный заточая в строки.

Всю ночь он слышит сильный звук чужой:
то измышленья прежних постояльцев,
пока в окне неистощим ожог,
снуют, отбившись от умов и пальцев.

Но кто здесь жил, чей сбивчивый мотив
забыт иль за ненадобностью брошен?
Непосвященный слушатель молчит.
Он дик, смешон, давно ль он ел – не спрошен.

Длиннее звук, чем маленькая тьма.
Затворник болен, но ему не внове
входить в чужие звуки и дома
для исполненья их капризной воли.

Он раболепен и душой кривит.
Составленный вчерне из многоточья,
к утру готов бесформенный клавир
и в стройные преобразован клочья.

Покинет гость чужие дом и звук,
чтоб никогда сюда не возвращаться
и тосковать о распре музык двух.
Где — он не скажет. Где-то возле счастья.

11–12 мая 1985
Репино

* * *

Всех обожаний бедствие огромно.
И не совпасть, и связи не прервать.
Так навсегда, что даже у надгробья, —
потупившись, не смея быть при Вас, —
изъявленную внятно, но не грозно
надземную приемлю неприязнь.

При веяньях залива, при закате
стою, как нищий, согнанный с крыльца.
Но это лишь усмешка, не проклятье.
Крест благородней, чем чугун креста.
Ирония — избранников занятье.
Туманна окончательность конца.

12 мая 1985
Комарово

ПОСТУПОК РОЗЫ

Памяти Н. Н. Сапунова

«Как хороши, как свежи...» О, как свежи,
как хороши! Пять было разных роз.
Всему есть подражатели на свете
иль двойники. Но роза розе — рознь.

Четыре сразу сгинули. Но главной
был так глубок и жадно-дышащ зев:
когда б гортань стать захотела гласной, —
рык издала бы роза — царь и лев.

Нет, все ж не так. Я слышала когда-то,
мне слышалось, иль выдумано мной
безвыходное низкое контральто:
вулканный выдох глубины земной.

Речей и пенья на высоких нотах
не слышу: как-то мелко и мало́.
Труд розы — вдох. Ей не положен отдых.
Трудись, молчи, сокровище мое.

Но что же запах, как не голос розы?
Смолкает он, когда она мертва.
Прости мои развязные вопросы.
Поговорим, о госпожа моя.

Куда там! Норов розы не покладист.
Вдруг аромат — отлет ее души?
Восьмой ей день. Она свежа покамест.
Как свежи, боже мой, как хороши

слова совсем бессмысленной и нежной,
прелестной и докучливой строки.
И роза, вместо смерти неизбежной,
здорова — здравомыслью вопреки.

Светает. И на синеве, как рана,
отверсто горло розы на окне
и скорбно черно-алое контральто.
Сама ль я слышу? Слышится ли мне?

Не с повеленьем, а с монаршей просьбой
не спорить же. К заливу я иду.
— О, не шути с моей великой розой! —
прошу и розу отдаю ему.

Плыви, о роза, бездну украшая.
Ты выбрала. Плыви светло, легко.
От Териок водою до Кронштадта,
хоть это смерть, не так уж далеко.

Волнам предайся, как художник милый
в ночь гибели, для века роковой.
До берега, что стал его могилой,
и ты навряд ли доплывешь живой.

Но лучше так — в разгар судьбы и славы,
предчувствуя, но знанья избежав.
Как он спешил! Как нервы были правы!
На свете та́к один лишь раз спешат.

Не просто тело мертвое качалось
в бесформенном удушии воды —
эпоха упования кончалась
и занимался крах его среды.

Вы встретитесь! Вы сто́ите друг друга:
одна осанка и один акцент,

как принято средь избранного круга,
куда не вхож богатый фармацевт.

Я в дом вошла. Стоял стакан коряво.
Его настой другой цветок лакал.
Но слышалось бездонное контральто,
и выдох уст еще благоухал.

Вот истеченье поминальных суток
по розе. Синева и пустота.
То — гордой розы собственный поступок.
Я ни при чем. Я розе — не чета.

15–16 мая 1985
Репино

ЕЛКА В БОЛЬНИЧНОМ КОРИДОРЕ

В коридоре больничном поставили елку. Она
и сама смущена, что попала в обитель страданий.
В край окна моего ленинградская входит луна
и недолго стоит: много окон и много стояний.

К той старухе, что бойко бедует на свете одна,
переходит луна, и доносится шорох стараний
утаить от соседок, от злого непрочного сна
нарушенье порядка, оплошность запретных рыданий.

Всем больным стало хуже. Но все же — канун Рождества.
Завтра кто-то дождется известий, гостинцев, свиданий.
Жизнь со смертью — в соседях. Каталка всегда
не пуста —
лифт в ночи отскрипит равномерность ее упаданий.

Вечно радуйся, Дево! Младенца ты в ночь принесла.
Оснований других не оставлено для упований,
но они так важны, так огромны, так несть им числа,
что прощен и утешен безвестный затворник
подвальный.

Даже здесь, в коридоре, где елка — причина для слез
(не хотели ее, да сестра заносить повелела),
сердце бьется и слушает, и — раздалось, донеслось:
— Эй, очнитесь! Взгляните — восходит Звезда Вифлеема.

Достоверно одно: воздыханье коровы в хлеву,
поспешанье волхвов и неопытной матери локоть,
упасавший Младенца с отметиной чу́дной во лбу.
Остальное — лишь вздор, затянувшейся лжи
мимолетность.

Этой плоти больной, извреждённой трудом и войной,
что нужней и отрадней столь просто описанной сцены?
Но — корят то вином, то другою какою виной
и питают умы рыбьей костью обглоданной схемы.

Я смотрела, как день занимался в десятом часу:
каплей был и блестел, как бессмысленный
черный фонарик, —
там, в окне и вовне. Но прислышалось общему сну:
в колокольчик на елке названивал крошка-звонарик.

Занимавшийся день был так слаб, неумел, неказист.
Цвет — был меньше, чем розовый: родом из робких,
не резких.
Так на девичьей шее умеет мерцать аметист.
Все потупились, глянув на кроткий и жалобный крестик.

А как стали вставать, с неохотой глаза открывать, —
вдоль метели пронесся трамвай, изнутри золотистый.
Все столпились у окон, как дети: — Вот это трамвай!
Словно окунь, ушедший с крючка: весь пятнистый,
огнистый.

Сели завтракать, спорили, вскоре устали, легли.
Из окна вид таков, что невидимости Ленинграда
или невидали мне достанет для слез и любви.
— Вам не надо ль чего-нибудь? — Нет, ничего нам
не надо.

Мне пеняли давно, что мои сочиненья пусты.
Сочинитель пустот, в коридоре смотрю на сограждан.
Матерь Божия! Смилуйся! Сына о том же проси.
В День Рожденья Его дай молиться и плакать о каждом!

25 декабря 1985
Ленинград

* * *

Поздней весны польза-обнова.
Быстровелик оползень поля:
коли и есть посох-опора,
брод не возбредится к нам.
«Бысть человек послан от Бога,
имя ему Иоанн».

Росталь: растущей воды окиянье.
Полночь, но опалены
рытвины вежд и окраин канавье
釘сталью полулуны.
Несть нам отверзий принесть покаянье
и не прозреть пелены.
Ходу не имем, прийди, Иоанне,
к нам на брега полыньи.
Имя твое в прародстве с именами
тех, чьи кресты полегли
в снег, осененный тюрьмой и дымами, —
оборони, полюби
лютость округи, поруганной нами,
иже рекутся людьми.

«Бысть человек послан от Бога,
имя ему Иоанн».
О, не ходи! Нынче суббота,
праздник у нас: посвист разбоя,
обморок-март, путь без разбора,
топь, поволока, туман.

Март 1986
Иваново

ЛАРЕЦ И КЛЮЧ

Осипу Мандельштаму

Когда бы этот день — тому, о ком читаю:
де, ключ он подарил от... скажем, от ларца
открытого... свою так оберёг он тайну,
как если бы ловил и окликал ловца.

Я не о тайне тайн, столь явных обиталищ
нет у нее, вся — в нем, прозрачно заперта,
как суть в устройстве сот. — Не много ль ты
болтаешь? —
мне чтенье говорит, которым занята.

Но я и так — молчок, занятье уст — вино лишь,
и терпок поцелуй имеретинских лоз.
Поправший Кутаис, в строку вступил Воронеж —
как пекло дум зовут, сокрыть не удалось.

Вернее — в дверь вошел общения искатель.
Тоскою уязвлен и грезой обольщен,
он попросту живет как житель и писатель
не в пекле ни в каком, а в центре областном.

Я сообщалась с ним в смущении двояком:
посол своей же тьмы иль вестник роковой
явился подтвердить, что свой чугунный якорь
удерживает Петр чугунного рукой?

«Эй, с якорем!» — шутил опалы завсегдатай.
Не следует дерзить чугунным и стальным.
Что вспыльчивый изгой был лишнею загадкой,
с усмешкой небольшой приметил властелин.

Строй горла ярко наг и выдан пульсом пенья
и высоко над ним — лба над-седьмая пядь.
Где хруст и лязг возьмут уменья и терпенья,
чтоб дланью не схватить и не защелкнуть пасть?

Сапог — всегда сосед священного сосуда
и вхож в глаза птенца, им не живать втроем.
Гость говорит: тех мест писателей союза
отличный малый стал теперь секретарем.

Однако — поздний час. Мы навсегда простились.
Ему не надо знать, чьей тени он сосед.
Признаться, столь глухих и сумрачных потылиц
не собиратель я для пиршеств иль бесед.

Когда бы этот день — тому, о ком страданье, —
обыденный устой и содержанье дней,
все длилось бы ловца когтистого свиданье
с добычей меж ресниц, которых нет длинней.

Играла бы ладонь вещицей золотою
(лишь у совсем детей взор так же хитроват),
и был бы дну воды даруем ключ ладонью,
от тайнописи чьей отпрянет хиромант.

То, что ларцом зову (он обречен покраже),
и ульем быть могло для слета розных крыл:
пчелит аэроплан, присутствуют плюмажи,
Италия плывет на сухопарый Крым.

А далее... Но нет! Кабы сбылось «когда бы»,
я наклоненья где двойной посул найду?
Не лучше ль сослагать купавы и канавы
и наклоненье ив с их образом в пруду?

И все это — с моей последнею сиренью
с осою, что и так принадлежит ему,

с тропой — вдоль соловья, через овраг — к селенью,
и с кем-то, по тропе идущим (я иду),

нам нужен штрих живой, усвоенный пейзажем,
чтоб поступиться им, оставить дня вовне.
Но все, что обретем, куда мы денем? Скажем:
в ларец. А ключ? А ключ лежит воды на дне.

Июнь 1988
В Малеевке

ВЕНЕЦИЯ МОЯ

Иосифу Бродскому

Темно, и розных вод смешались имена.
Окраиной басов исторгнут всплеск короткий.
То розу шлет тебе, Венеция моя,
в Куоккале моей рояль высокородный.

Насупился — дал знать, что он здесь ни при чем.
Затылка моего соведатель настойчив.
Его: «Не лги!» — стоит, как Ангел за плечом,
с оскомою в чертах. Я — хаос, он — настройщик.

Канала вид... — Не лги! — в окне не водворен
и выдворен помин о виденном когда-то.
Есть под окном моим невзрачный водоем,
застой бесславных влаг. Есть, признаюсь, канава.

Правдивый за плечом, мой Ангел, такова
протечка труб — струи источие реально.
И розу я беру с роялева крыла.
Рояль, твое крыло в родстве с мостом Риальто.

Не так? Но роза — вот, и с твоего крыла
(застенчиво рука его изгиб ласкала).
Не лжет моя строка, но все ж не такова,
чтоб точно обвести уклончивость лекала.

В исходе час восьмой. Возрождено окно.
И темнота окна — не вырожденье света.
Цвет — не скажу какой, не знаю. Знаю, кто
содеял этот цвет, что вижу, — Тинторетто.

Мы дожили, рояль, мы — дожи, наш дворец
расписан той рукой, что не приемлет розы.
И с нами Марк Святой, и золотой отверст
зев льва на синеве, мы вместе, все не взрослы.

— Не лги! — но мой зубок изгрыз другой букварь.
Мне ведом звук черней диеза и бемоля.
Не лгу — за что запрет и каркает бекар?
Усладу обрету вдали тебя, близ моря.

Труп розы возлежит на гущине воды,
которую зову как знаю, как умею.
Лев сник и спит. Вот так я коротаю дни
в Куоккале моей, с Венецией моею.

Обо́сенел простор. Снег в ноябре пришел
и устоял. Луна была зрачком искома
и найдена. Но что с ревнивцем за плечом?
Неужто и на час нельзя уйти из дома?

Чем занят ум? Ничем. Он пуст, как небосклон.
— Не лги! — и впрямь я лгун, не слыть же
недолыгой.
Не верь, рояль, что я съезжаю на поклон
к Венеции — твоей сопернице великой.

. . . .
Здесь — перерыв. В Италии была.
Италия светла, прекрасна.
Рояль простил. Но лампа, сокровище окна, стола, —
погасла.

Декабрь 1988
Репино

ОДЕВАНИЕ РЕБЕНКА

Андрею Битову

Ребенка одевают. Он стоит
и сносит — недвижимый, величавый —
угодливость приспешников своих,
наскучив лестью челяди и славой.

У вешалки, где церемониал
свершается, мы вместе провисаем,
отсутствуем. Зеницы минерал
до-первобытен, свеж, непроницаем.

Он смотрит вдаль, поверх услуг людских.
В разъятый пух продеты кисти, локти.
Побыть бы им. Недолго погостить
в обители его лилейной плоти.

Предаться воле и опеке сил
лелеющих. Их укачаться зыбкой.
Сокрыться в нем. Перемешаться с ним.
Стать крапинкой под рисовой присыпкой.

Эй, няньки, мамки, кумушки, вы что
разнюнились? Быстрее одевайте!
Не дайте, чтоб измыслие вошло
поганым войском в млечный мир дитяти.

Для посягательств прыткого ума
возбранны створки замкнутой вселенной.
Прочь, самозванец, званый, как чума,
тем, что сияло и звалось Сиеной.

Влекут рабы ребенка паланкин.
Журчит зурна. Порхает опахало.
Меня — набег недуга полонил.
Всю ночь во лбу неслось и полыхало.

Прикрыть глаза. Сна гобелен соткать.
Разглядывать, не нагляжусь покамест,
Палаццо Пикколомини в закат
водвинутость и вогнутость, покатость,

объятья нежно-каменный зажим
вкруг зрелища: резвится мимолетность
внутри, и Дева-Вечность возлежит,
изгибом плавным опершись на локоть.

Сиены площадь так нарек мой жар,
это его наречья идиома.
Оставим площадь — вечно возлежать
прелестной девой возле водоема.

Врач смущена: — О чем вы? — Ни о чем.
В разор весны ступаю я с порога
не сведущим в хожденье новичком.
— Но что дитя? — Дитя? Дитя здорово.

Апрель 1990
Репино

ПОЕЗДКА В ГОРОД

Борису Мессереру

Я собиралась в город ехать,
но все вперялись глаз и лоб
в окно, где увяданья ветхость
само сюжет и переплет.

О чем шуршит интрига блеска?
Каким обречь ее словам?
На пальцы пав пыльцой обреза,
что держит взаперти сафьян?

Мне в город надобно, — но втуне,
за краем книги золотым,
вникаю в лиственной латуни
непостижимую латынь.

Окна усидчивый читатель,
слежу вокабул письмена,
но се́рдца брат и обитатель
торопит и зовет меня.

Там — дом-артист нескладно статен
и переулков приворот
издревле славит Хлеб и Скатерть
по усмотренью Поваров.

Возлюблен мной и зарифмован,
знать резвость грубую ленив,
союз мольберта с граммофоном
надменно непоколебим.

При нем крамольно чистых пиршеств
не по усам струился мед...
...Сад сам себя творит и пишет,
извне отринув натюрморт.

Сочтет ли сад природой мертвой,
снаружи заглянув в стекло,
собранье рухляди аморфной
и нерадивое стило?

Поеду, право. Пушкин милый,
все Ты, все жар Твоих чернил!
Опять красу поры унылой
Ты самовластно учинил.

Пока никчемному поселку
даруешь злато и багрец,
что к Твоему добавит слову
тетради узник и беглец?

Вот разве что: у нас в селенье,
хоть улицы весьма важней,
проулок имени Сирени
перечит именам вождей.

Мы — из Мичуринца, где листья
в дым обращает садовод.
Нам Переделкино — столица.
Там — ярче и хмельней народ.

О недороде огорода
пекутся честные сердца.
Мне не страшна запретность входа:
собачья стража — мне сестра.

За это прозвищем «не наши»
я не была уязвлена.

Сметливо-кротко, не однажды
я в их владения звана.

День осени не сродствен злобе.
Вотще охоч до перемен
рожденный в городе Козлове
таинственный эксперимент.

Люблю: с оградою бодаясь,
привет козы меня узнал.
Ба! Я же в город собиралась!
Придвинься, Киевский вокзал!

Ни с места он... Строптив и бурен
талант козы — коз помню всех.
Как пахнет яблоком! Как Бунин
«прелестную козу» воспел.

Но я — на станцию, я — мимо
угодий, пасек, погребов.
Жаль, электричка отменима,
что вольной ей до поваров?

Парижский поезд мимолетный,
гнушаясь мною, здраво прав,
оставшись россыпью мелодий
в уме, воспомнившем Пиаф.

Что ум еще в себе имеет?
Я в город ехать собралась.
С пейзажа, что уже темнеет,
мой натюрморт не сводит глаз.

Сосед мой, он отторгнут мною.
Я саду льщу, я к саду льну.
Скользит октябрь, гоним зимою,
румяный, по младому льду.

Опомнилась руки повадка.
Зрачок устал в дозоре лба.
Та, что должна быть глуповата,
пусть будет, если не глупа.

Луны усилилось значенье
в окне, в окраине угла.
Ловлю луча пересеченье
со струйкой дыма и ума,

пославшего из недр затылка
благожелательный пунктир.
Растратчик: детская копилка —
все получил, за что платил.

Спит садовод. Корпит ботаник,
влеком Сиреневым Вождем.
А сердца брат и обитатель
взглянул в окно и в дверь вошел.

Душа — надземно, надоконно —
примерилась пребыть не здесь,
отведав воли и покоя,
чья сумма — счастие и есть.

Ночь на 27 октября 1996

19 ОКТЯБРЯ 1996 ГОДА

Осенний день, особый день –
былого дня неточный слепок.
Разор дерев, раздор людей
так ярки, словно напоследок.

Опальный Пасынок аллей,
на площадь сосланный Страстную, –
суров. Вблизи – младой атлет
вкушает вывеску съестную.

Живая проголодь прáва.
Книгóчий изнурен тоскою.
Я неприкаянно брела,
бульвару подчинясь Тверскому.

Гостинцем выпечки летел
лист, павший с клена, с жара-пыла.
Не восхвалить ли мой Лицей?
В нем столько молодости было!

Останется сей храм наук,
наполненный гурьбой задорной,
из страшных герценовских мук
последнею и смехотворной.

Здесь неокрепшие умы
такой воспитывал Куницын,
что пасмурный румянец мглы
льнул метой оспы к юным лицам.

Предсмертный огнь окна светил,
и переделкинский изгнанник
простил ученикам своим
измены роковой экзамен.

Где мальчик, чей триумф-провал
услужливо в погибель вырос?
Такую подлость затевал,
а малости вина — не вынес.

Совпали мы во дне земном,
одной питаемые кашей,
одним пытаемые злом,
чье лакомство снесет не каждый.

Поверженный в забытый прах,
Сибири свежий уроженец,
ты простодушной жертвой пал
чужих веленьиц и решеньиц.

Прости меня, за то прости,
что уцелела я невольно,
что я весьма или почти
жива и пред тобой виновна.

Наставник вздоров и забав —
ухмылка пасти нездоровой,
чьему железу — по зубам
нетвердый твой орех кедровый.

Нас нянчили надзор и сыск,
и в том я праведно виновна,
что, восприняв ученья смысл,
я упаслась от гувернера.

Заблудший недоученик,
я, самодельно и вслепую,

во лбу желала учинить
пядь своедумную седьмую.

За это — в близкий час ночной
перо поведает странице,
как грустно был проведан мной
страдалец, погребенный в Ницце.

19 октября 1996

НАДПИСЬ НА КНИГЕ: 19 ОКТЯБРЯ

Фазилю Искандеру

Согласьем розных одиночеств
составлен дружества уклад.
И славно, и не надо новшеств
новей, чем сад и листопад.

Цветет и зябнет увяданье.
Деревьев прибылен урон.
На с Кем-то тайное свиданье
опять мой весь октябрь уйдет.

Его присутствие в природе
наглядней смыслов и примет.
Я на балконе – на перроне
разлуки с Днем: отбыл, померк.

День девятнадцатый, октябрьский,
печально щедрый добродей,
отличен силой и окраской
от всех, ему не равных, дней.

Припек остуды: роза блекнет.
Балкона ледовит причал.
Прощайте, Пущин, Кюхельбекер,
прекрасный Дельвиг мой, прощай!

И Ты... Но нет, так страшно близок
ко мне Ты прежде не бывал.
Смеется надо мною призрак:
подкравшийся Тверской бульвар.

Там до́ма двадцать пятый нумер
меня тоскою донимал:
зловеще бледен, ярко нуден,
двояк и дик, как диамат.

Издевка моего Лицея
пошла мне впрок, всё — не беда,
когда бы девочка Лизетта
со мной так схожа не была.

Я, с дальнозоркого балкона,
смотрю с усталой высоты
в уроки времени былого,
чья давность — ста́рее, чем Ты.

Жива в плечах прямая сажень:
к ним многолетье снизошло.
Твоим ровесником оставшись,
была б истрачена на что?

На всплески рук, на блестки сцены,
на луч и лики мне в лицо,
на вздор неодолимой схемы...
Коль это — всё, зачем мне всё?

Но было, было: буря с мглою,
с румяною зарей восток,
цветок, преподносимый мною
стихотворению «Цветок»,

хребет, подверженный ознобу,
когда в иных мирах гулял
меж теменем и меж звездою
прозрачный перпендикуляр.

Вот он — исторгнут из жаровен
подвижных полушарий двух,

как бы спасаемый жонглером
почти предмет: искомый звук.

Иль так: рассчитан точным зодчим
отпор ветрам и ветеркам,
и поведенья позвоночник
блюсти обязан вертикаль.

Но можно, в честь Пизанской башни,
чьим креном мучим род людской,
клониться к пятистопной блажи
ночь напролет и день-деньской.

Ночь совладает с днем коротким.
Вдруг, насылая гнев и гнет,
потемки, где сокрыт католик,
крестом пометил гугенот?

Лиловым сумраком аббатства
прикинулся наш двор на миг.
Сомкнулись жадные объятья
раздумья вкруг друзей моих.

Для совершенства дня благого,
покуда свет не оскудел,
надземней моего балкона
внизу проходит Искандер.

Фазиля детский смех восславить
успеть бы! День, повремени.
И нечего к строке добавить:
«Бог по́мочь вам, друзья мои!»

Весь мой октябрь иссякнет скоро,
часы, с их здравомысльем споря,
на час назад перевели.
Ты, одинокий вождь простора,

бульвара во главе Тверского,
и в Парке, с томиком Парни́,
прости быстротекучесть слова,
прерви медлительность экспромта,
спать благосклонно повели...

19 и в ночь на 27 октября 1996

* * *

> Когда случилось петь Дездéмоне, —
> А жить так мало оставалось, —
> Не по любви, своей звезде, она, —
> По иве, иве разрыдалась.
>
> *Борис Пастернак*

Вот — пруд и дерево плакучее.
Пруд, дерево, что вместе сделали
в честь вымысла? Есть нечто лучшее:
слеза — по иве и Дездéмоне.
Дездéмона, вот вижу иву я.
Растут ли ивы во Эдеме?
Я — горько, ярко слышу иволгу,
столь близко. И не знаю: где мы.
Зовется речка Вертушинкою,
пруд — и сосед, и соименник.
Дездéмона, моей ошибкою
гощу, грущу в чужих именьях.
Я иволгу однажды видела,
чей цвет есть тайна. Ныне — где она?
Звук-цвет. Ни выхода, ни выбора.
Прощайте, ива и Дездéмона.
Намек на тайну: цвета иволги
цвет ивы, что уже желтеет.
Дездéмона! — что в этом имени?
Потом — восплачут, пожалеют,
иль навсегда забудут. Ибо —
забывчивы. Все станет зелено...
Но ты, всепомнящая ива,
прошелестишь Поэта имя...

1997

* * *

Малеевка, как нежно, грустно
звучит название местечка.
Старее иль новее Руза —
любимо всё и все. Мне тесно
без этих мест в просторе мира,
в превыспреннем пространстве. Мимо
не пролететь бы, ибо — ива,
и пруд, и милая береза
близ пруда, поле, и бороздка,
где васильки я собирала,
они синели и седели,
как я, ни одного собрата —
в аллее ель, и щедрость ели, —
мои зрачки не проглядели.
Вспомним все же Воронцовых.
Лишь у меня — местоименья,
именьем места окольцован
лет наших крыл. В сей миг, немея,
я боле всех люблю Лаврова.
Что лавры нам, лауреаты?
Не в нашу честь сирень лилова
и бел жасмин. Иной награды
не надобно. Не обмелеет
душа окрестности. Чего-то
недостает... Купец Малеев:
именье во груди — чахотка,
но здравствует и ныне имя
округи. Постоялец нимба,

во времени, чей норов резок
(как и всегда), что возомнил он,
гость местности? Он кротко грезит
о доме, доме с мезонином.

1997

ГОРОДСКОЙ ПЕЙЗАЖ

Закат дымами шевелит.
Стареет год, вчера лишь новый.
Над фабрикою «Большевик»
висит румянец нездоровый.

Корпит кирпичный храм сластен,
пресытив рты, измазав щеки
детей, чей диатез влюблен
в красу фольги, в услады елки.

Где выдох приторный трубы
и всех меньшинств и кислорода —
соперник, несколько, увы,
подташнивает пешехода.

Но любит он, какой ни есть,
свой праздник. Все неповторимо:
он сам, хоть он слегка нетрезв,
и фабрики угрюмой имя,
и весь район, где Правды в честь
зовется улица игриво.

2 января 1997

ВИДЕНИЕ РОЗЫ

Вацлаву Нижинскому

Стоял туман, в котором слепнет посох
и лиходея вязнет вялый нож.
Восставшая, прочна на ощупь плоскость,
скрывающая: день она иль ночь.

Вот было что: ничто не наступило
или ничто настало — что за ним.
Растяпа-плотник не подвел стропила
под небосвод, опавший на залив.

Вчера был вторник, люди говорили.
Как разберусь с бездневья чередой?
Пожалуй, так: мы вторника руины
возьмем себе и наречем средой.

Схитрим и по невидимому следу
войдем в четверг и утро обновим.
Мрак откликаться не желал на «среду»:
не помещался в схему аноним.

Мой домик малый был в незримость замкнут.
В условном замке всякий свет погас.
И только кот дремотно-зорким зраком
разумно тратил фосфора запас.

Я знала: электричество строптиво,
за что его и невзлюбил ремонт.
Я, вчуже: сколько времени? — спросила
у явного отсутствия времен.

Будильник мой давно был невменяем
и жил по усмотренью своему.
Его б могла б я обойти вниманьем,
но вздорным звоном он вредил уму.

Вдруг оживился телефон разбитый —
соперник съединенья голосов.
Предмет, воображенье поразивший,
удостоверил: ровно ноль часов.

И впредь, не опасаясь повториться,
он охранял незыблемость ноля.
Рассудок — сам затворник и темница —
стал намекать, что вождь его — не я.

Бубнил, что тем и этим полушарьем
он криво сгорблен и стеснен весьма,
но одолеет должным прилежаньем
двумерное узилище ума.

Что он клаустрофобии недугом
давно казним, что мне его не жаль:
я не слежу за сквозняком, надувшим
в отверстья слуха вредоносный жар.

Мне нравилась бунтовщика повадка —
пусть прочь идет, взяв заячий тулуп,
тем боле что должна быть глуповата
та, в честь которой он бывал не глуп.

Мой посторонний разум самовольно
витал, не сжатый ни в каких тисках.
Я принялась за чтенье Сименона,
свечи огарок чудом отыскав.

Что я теперь? Его же измышленье
и, стало быть, не измышлять вольна.
Что может быть отрадней и свежее
морщиною не раненного лба?

А то — в себя, словно в глухой колодец,
гляжу, покуда глаз не изнемог,
и встречно смотрит изнутри уродец —
раденьем тщетным изнуренный мозг.

Что, кстати, с ним, промозглость обнажившим?
(Кот дыбил шерсть на говорливый жар.)
Ах, вот что: он поверженным Нижинским
в лечебнице себя воображал.

Он осмеял докучливую просьбу
опомниться: ничто не устрашит
умеющего превратиться в розу,
чей стебель сломлен и кровоточит.

Ничтожна новых прорастаний робость,
их неуклюжью не тягаться с ним.
Та, для кого он принял розы образ,
пусть без видений в старом кресле спит.

Я стала привыкать к его капризам,
и, даже если бред его правдив,
растения страдающего призрак —
родим и здесь пребудет невредим.

Да, угодил он из огня в полымя.
Я — не в себе, он — не во мне, но где?
Его бессвязных вымыслов поимка
была моим занятьем в темноте.

Таких примерно: ...Близится премьера.
Восхода выход — траурный дебют.
Рот мертвой розы говорит про небо,
что небо — труб и кочегаров труд.
Душе угодно, чтоб, взлетев, померкла.
Но выпорх крыл добудут и добьют
алмаза сглаз, в петлице бутоньерка.
— В шлафрок одет и в шлепанцы обут,

ты кто таков? Вот ложка и тарелка.
Звон оловянный — к завтраку зовут.
— Но завтрак — завтра? Где же взять терпенья,
столь нужного для достиженья утр?

Когда больных тревожили звонком,
дабы прервать глотком или зевком
их пренья и паренья исступленья,
Карсавиной к нему склонились перья.
Ей подвиг — слезы скрыть — не удавался.
Она его звала, как прежде: Ваца...
Не видели, чтоб он разволновался.
Он объявил, что с нею незнаком.

Он продолжал: что проку сыпать бисер
в бинокль, в лорнет, в монокль на желваке.
Поступок мышц, всевластных и всебыстрых,
закручен в узел в плоском животе.
Как распрямить несбывшийся избыток
согбенных сил зародыша в желтке.
Прыжок возбранный сам себя превысил:
хлад облака остался на щеке.
Ум одолел: он действие приблизил
к черте, которой нет в простом житье.
Что делать дале любопытным линзам?
Нет зрителей у главного жете́.

Он прикорнул, устав от монолога.
Себя он розой ощущал неловко.
Нет, он себя не знал немолодого.
Он слишком молод, только слишком долго.

Виденье он, которое не в силах
все время знать, как мучится душа.
— А все же, где Карсавина? — спросил он.
Ему сказали, что она ушла.

Меж тем с меня тянули одеяло.
Сияло так, что — не стерпеть со сна.
Ко мне пришла сестра-хозяйка Алла,
всех сущих здесь хозяйка и сестра.

Сказала Алла: — Спите больно сильно.
Я всполошилась: спят мои, да, спят.
— А много ль нас? — в тревоге я спросила.
— Премного: вы и кот-розовопят.

Уж Алла чай по чашкам разливала.
Кот думал: надо ль покидать диван.
Давненько я кота подозревала
в заумственных и хитростных делах.

Кот Васька был заметная персона.
Никто не знал, о чем он помышлял.
Кот, мною почитаемый особо,
был к людям строг и терпелив к мышам.

— Скажите, Алла, нынче день недели
какой? И не было ли безымянных дней? —
Она смеялась: — Вы в своем уме ли?
— Не думаю, — я отвечала ей.

— А правда ль, что стоял туман великий
и всей округой нашей завладел
и снег, с небес невиданно валивший,
морочил и сбивал с пути людей?

— Да нет, слегка туманилась погода,
собрался, да не сбылся снегопад.
Сейчас — тепло. Для лыжного похода
из школы отпустили всех ребят.

Пойду. А вы не захворали часом?
Вы с Васькой не рассиживайтесь тут.

От дома далеко не отлучайтесь.
Пора, однако: к завтраку зовут.

Но вот что было странно и не просто:
передо мною, на краю стола,
горючая горячечная роза
стояла скорбно в зелени стекла.

Я вышла. Отрясая снег с лопаты,
румяный дворник мрачно произнес:
— Ни вьюга, ни туман не виноваты.
Возвел на них напраслину прогноз.

Пес ради шутки на кота бросался.
Вмешался дворник: — Цыц! Нишкни, борзой. —
Ни в чем не виноватое пространство
в глазах стояло прочною слезой.

В ресницах с нерастаявшей снежинкой
народ вокруг смеялся и сновал.
Я думала: как тосковал Нижинский,
как тосковал, как страшно тосковал.

Февраль 1997

ИЗГНАНИЕ ЕЛКИ

Борису Мессереру

Я с Елкой бедною прощаюсь:
ты отцвела, ты отгуляла.
Осталась детских щек прыщавость
от пряников и шоколада.
Вино привычно обмануло
полночной убылью предчувствий.
На лампу смотрит слабоумно
возглавья полумесяц узкий.
Я не стыжусь отверстой вести:
пера приволье простодушно.
Все грустно, хитроумно если,
и скушно, если до́шло, у́шло.
Пусть мученик правописанья,
лишь глуповатости ученый
вздохнет на улице — бесправно
в честь «правды» чьей-то нареченной.
Смиренна новогодья осыпь.
Пасть празднества — люта, коварна.
В ней кротко сгинул Дед-Морозик,
содеянный из шоколада.
Родитель плоти обреченной —
кондитер фабрики соседней
(по кличке Большевик), и оный
удачлив: плод усердий съеден.
Хоть из съедобных он игрушек,
нужна немалая отвага,
чтоб в сердце сходство обнаружить
с раскаяньем антропофага.

Злодейство облегчив оглаской,
и в прочих прегрешеньях каюсь,
но на меня глядят с опаской
и всякий дед, и Санта-Клаус.
Я и сама остерегаюсь
уст, шоколадом обагренных,
обязанных воспеть сохранность
сокровищ всех, чей царь — ребенок.
Рта ненасытные потемки
предам — пусть мимолетной — славе.
А тут еще изгнанье Елки,
худой и нищей, в ссылку свалки.
Давно ль доверчивому древу
преподносили ожерелья,
не упредив лесную деву,
что дали поносить на время.
Отобраны пустой коробкой
ее убора безделушки.
Но доживет ли год короткий
до следующей до пирушки?
Ужасен был останков вынос,
круг соглядатаев собравший.
Свершив столь мрачную повинность,
как быть при детях и собаках?
Их хоровод вкруг злых поступков
состарит ясных глаз наивность.
Мне остается взор потупить
и шапку на глаза надвинуть.
Пресытив погребальный ящик
для мусора, для сбора дани
с округи, крах звезды блестящей
стал прахом, равным прочей дряни.
Прощай, навек прощай. Пора уж.
Иголки выметает веник.
Задумчив или всепрощающ
родитель жертвы — отчий ельник.

Чтоб ни обертки, ни окурка,
чтоб в праздник больше ни ногою —
была погублена фигурка,
форсившая цветной фольгою.
Ошибся лакомка, желая
забыть о будущем и бывшем.
Тень Елки, призрачно-живая,
приснится другом разлюбившим.
Сам спящий — в сновиденье станет
той, что взашей прогнали, Елкой.
Прости, вечнозеленый странник,
препятствуй грезе огнеокой.
Сон наказующий — разумен.
Ужели голос мой пригубит
вопль хора: он меня разлюбит.
Нет, он меня любил и любит.
Рождественским неведом елям
гнев мести, несовместный с верой.
Дождусь ли? Вербным воскресеньем
склонюсь пред елью, рядом с вербой.
Возрадуюсь началу шишек
росткам неопытно-зеленым.
Подлесок сам меня отыщет,
спасет его исторгшим лоном.
Дождаться проще и короче
Дня, что не зря зовут Прощеным.
Есть место, где заходит в рощи
гость-хвоя по своим расчетам.
На милость ельника надеюсь,
на осмотрительность лесничих.
А дале — Чистый понедельник,
пост праведников, прибыль нищих.
А дале, выше — благоустье
оповещения: — Воскресе!
Ты, о котором сон, дождусь ли?

Дождись, пребудь, стань прочен, если...
что — не скажу. Я усмехнулась —
уж сказано: не мной, Другою.
Вновь — неправдоподобность улиц
гудит, переча шин угону...
У этих строк один читатель:
сам автор, чьи темны намеки.
Татарин, эй, побывши татем,
окстись, очнись, забудь о Елке.
Автомобильных стонов бредни...
Не нужно Елке слов излишних —
за то, что не хожу к обедне,
что шоколадных чуд — язычник.

Февраль—март 1997

ПРЕГРЕШЕНИЯ ВОЛЬНЫЯ И НЕВОЛЬНЫЯ

Уж сколько раз воспет мной час четвертый
после полуночи, но почему
потылицы проворною уверткой
от сна — пером я белый лист черню?

Я — скареда словарных одиночеств.
Затылку не прикажешь: оглянись, —
и сам он зряч. Лоб — изыскатель новшеств,
в потылице — хранится архаизм.

Я справочника не внемлю соблазнам:
от простодушной старины устав,
всё, что в родстве с добром или со благом,
он устранил отставкою: «устар.».

Душа спешит озябшею бегуньей
отринуть вздоры, вырваться из них,
в юродивой догадке слабоумной:
какой чужбины ей дерзит язык?

Гнушаясь долгой святочной неделей,
родную речь попрал и поборол
лихой злоуст, кичащийся надменной
и чужеродной кличкой «патриот».

Я не чураюсь вольнодумных правил —
слов иноземных в гости звать пассаж:
чужак родимый, нелюдимый «паркер»
решает сам, о чем ему писать.

Все моет мама Маню мылом... эра —
неряха возрастила и меня.
Как мне грузин собратна «Дэда-эна»:
«иа наргизи» и — «иа иа».

Это — нарцисс, это — фиалка — вот как
нюх детских зрений учится читать.
Уж пятый час вершит усердный отдых,
резвится, не желает почивать.

Ель осыпает ржавые иголки —
в чужом углу, не в отчих во снегах.
Передо мной две маленьких иконки
Казанской Божьей Матери стоят.

Чужда я притязаний и повадок —
коснуться высших таинств напрямик.
Два образка — на Рождество подарок,
вот я и пригорюнилась при них.

Свеча горит, и теплится лампада.
Смысл созерцанья от меня же скрыт.
Ночь-сочинитель не сама ль слагала
невнятный стих: то тихий всхлип, то скрип.

Захожий — не прилежный прихожанин,
твержу слова Рождественских молитв,
с языческим склоняясь обожаньем
пред елкою, пред идолом моим.

Дьячка потылком смладу не ученой,
и любо мне, и боязно смотреть,
как светлолик Младенец, обреченный
воскреснуть — да, но прежде — умереть.

«Помилуй, Неневестная Невесто
мя, отврати измыслия кощунств,

избави от хвалы и от навета», —
искательно, просительно крещусь.

Стихи — вознагражденье или плата
за все грехи? Суровая кипа
меня чуждалась: пред Стеною Плача
молилась я легко, как никогда.

Записку посылая в небывалость
больших небес, о чем пеклась, о ком?
Да все о Той, чьей речью упиваюсь,
чей обо мне вздохнет заупокой.

Начав во здравье ночи последенной,
опять стемнился помыслов недуг.
Храм многолюдный, дуб уединенный —
тревожат, мучат, из ума нейдут.

Початого остерегаюсь года,
не грежу о дальнейших о летах.
Тишь: слышима опавшая иголка.
Труд помертвевшей ели — облетать.

Перечитала неблагополучье
бессвязных строчек — сразу обо всем.
Дитя-Зиждитель, Человеколюбче,
пошли мне мирен, безмятежен сон.

Пора свести потылицу с подушкой,
чья вмятина живет с подушкой врозь.
Как загадала — при свече потухшей
и впрямь поставить точку довелось.

18–19 января 1999 года

НА МОТИВ ИКОСА

Украшения отрясает ель.
Божье дерево отдохнет от дел.
День Крещения отошел во темь,
января настал двудесятый день.

Покаянная, так душа слаба,
будто хмурый кто смотрит искоса.
Для чего свои сочинять слова –
без меня светла слава икоса.

Сглазу ли, порчи ли помыслом сим
возбранен призор в новогодье лун.
Ангелов Творче и Господи Сил,
отверзи ми недоуменный ум.

Неумение просвети ума,
поозяб в ночи занемогший мозг.
Сыне Божий, Спасе, помилуй мя,
не забуди мене, Предивный мой.

Стану тихо жить, затвержу Псалтирь,
помяну Минеи дней имена.
К Тебе аз воззвах – мене Ты простил
обстояниях, Надеждо моя.

Отмолю, отпла́чу грехи свои.
Живодавче мой, не в небесный край –
восхожу в ночи при огне свечи
во пречудный Твой, в мой словесный рай.

В ночь на 20 января 1999 года

* * *

Владимиру Высоцкому

Город-тартар, наущенье татар,
здесь распаляет таган для сугрева
зябким рабам слабоумного гнева —
хрупкая крепость: опальный Театр.

Возраст свершений, тревог и морок.
Как мы беспечны. Как время сурово.
Нас упасло от всемирного рока
вольное скрывище антимиров.

Здравствуй, Театр, принимающий весть
сердца со вспышкою кровесосудной.
С доблестной мукою, схожей со скукой,
всех нас простил и покинул певец.

Наша юдоль: небородность тиар,
лоб светозарный и шея воловья.
Не разминитесь, Театр и Володя.
Вновь обнимитесь, стихи и Театр.

25 января 1999

«ДЕВОЧКА С ПЕРСИКАМИ»

Сияет сад, и девочка бежит,
еще свежо июня новоселье.
Ей весело, ее занятье – жить,
и всех любить, и быть любимой всеми.

Она и впрямь любима, как никто,
семьей, друзьями, мрачным гимназистом,
и нянюшкой, воззревшейся в окно,
и знойным полднем, и оврагом мглистым.

Она кричит: «Я не хочу, Антон,
ни персиков, ни за столом сиденья!»
Художник строго говорит о том,
что творчество, как труд крестьян, –
вседенно.

Меж тем он сам пристрастен к чехарде,
и сам хохочет, змея запуская.
Везде: в саду, в гостиной, в чердаке –
его усердной кисти мастерская.

А девочке смешно, что ревновал
угрюмый мальчик и молчал сурово.
Москву давно волнует Ренуар,
Абрамцево же влюблено в Серова.

Он – Валентин, но ре́кло он отверг
и слыл Антоном в своеволье детства.
Уж фейерверк, спех девочки – наверх:
снять розовое, в белое одеться.

И синий бант отринуть до утра,
она б его и вовсе потеряла,
он — надоел, но девочка — добра,
и надеванье банта повторяла.

Художника и девочки — кумир:
лев золотой, Венеции возглавье.
Учитель Репин баловство корил,
пост соблюдая во трудах, во славе.

А я люблю, что ей суждён привет
модистки ловкой на мосту Кузнецком.
...Ей данный вкратце, иссякает век.
Она осталась в полдне бесконечном.

Еще сирень, уже произросло
жасминное удушье вкруг беседки.
Серьезный взор скрывает озорство,
не сведущее в скуке и бессмертье.

Пусть будет там, где персики лежат,
пусть бант синеет, розовеет блуза.
Так Мамонтову Верочку мне жаль:
нет мочи ни всплакнуть, ни улыбнуться.

В ночь на 4 марта 1999

* * *

Я ровно в полночь возжигаю свечи
и долго жду. Уж первый час истек.
Смеется та, с кем ожидаю встречи:
— Я не желаю прянуть в твой силок.

Есть дом напротив. В нем не спится лампе
и чей-то профиль на луну глядит.
Заботиться о молодом таланте
прочь от меня насмешница летит.

Прощай, моя сообщница ночная.
Играй с другим задумчивым столом.
Кофейник пуст. Я наливаю чая.
Чай хладен ко всему, что — не Цейлон.

Окна напротив скаредный соперник,
я думаю, что влюблено оно
и видит сад: террасы на ступенях
зонт кружевной был позабыт давно.

Та, что под ним гуляла по аллее,
ушла к гостям — лукавить и сиять.
Всех остальных учтивей и смелее,
ей гиацинт поднес негоциант.

Накрыли стол под липами. Со звоном
бокалы славят праздник именин.
Той, опаленной неотрывным взором,
угодно подношенью изменить.

Она фиалки к поясу приколет.
Рыжей заката челка надо лбом.

Так, час за часом, ночь моя проходит.
Поэт в окне совсем не в ту влюблен.

Докукой крепостного ритуала
я тягочусь. И, что ни говори,
нет никого прекрасней Ренуара,
нет никого прелестней Самари.

Ей-ей, сбегу от барыни-привычки
и от оброка: белый лист марать.
Не лучше ль быть художником в Париже,
сидеть в кафе, вздыматься на Монмартр.

Меж тем вернулась та, что улетала.
Брезгливым «фу!» подула на свечу.
Пролепетала: «Мне известна тайна:
он — гений. В полночь снова полечу».

Любим двукратно сочинитель юный:
моею Музой и своей весной.
За мартовской присматриваю вьюгой.
А час какой? Ужель — в конце восьмой?

Сквозь снегопада бледную чащобу,
в паси́невевшем заданном часу,
родители ведут дитятей в школу.
Я издали их шествие пасу.

Мать опоздать боится на работу,
она торопит сына и ворчит.
Но так идти не хочется ребенку,
что еле-еле ноги он влачит.

Но вот — отдельно, мрачно, величаво
ступает мальчик, избранно один.
Сопровождать возлюбленное чадо
не смеет боязливый поводырь.

Портфеля груз его склоняет вправо.
Мал и суров детеныш-великан.
Усильем мышц он держит спину прямо.
Его робеют в игры вовлекать.

Мой взгляд остроконечен и не ясен,
но выбор сделан. Так с пустых небес
свой перпендикуляр свершает ястреб,
внизу завидев обреченный блеск.

Зрачка прицелом, устремленным сверху,
отъят, присвоен иль подарен мне,
он боле не подвластен педсовету
и лишь условно возвращен семье.

Простительна ль грабительская доблесть
того, кто хищно обирает мир,
тайник вскрывает, изымает образ,
вполне владея только тем, что мнит?

В моих глазах, все утемняясь, зрела
такая сила властной доброты,
что не сумела знать растрата зренья,
как школьники до дома добрели.

Помечен вспышкой, упасен опекой,
кефир отвергший и ушедший спать,
да будет счастлив мальчик, мной воспетый.
Мне лишь на миг с ним довелось совпасть.

Опять я в полночь свечи возжигаю.
Опять напротив бодрствует окно.
Сегодня я луны не ожидаю:
ее тяжелой мглой заволокло.

Коль навестит меня моя летунья
для милости небрежной и скупой,
я ей скажу, что, без причин ликуя,
весь день я провела в кафе «Купполь».

14–15 марта 1999 года

ВОСПОМИНАНИЕ

От сна очнулись соловьи.
Зима весны их не сгубила.
Они меня и совлекли
Вернуться в то, что прежде было.

Был майский полдень, мне — шесть лет,
мы с матерью куда-то едем.
Руин всесущий силуэт
взамен заутрень и обеден.

Привычная Москва-река
здесь — ослепительно внезапна,
и хрупкой матери рука,
меня влекущая, — изящна.

Мне долгая дорога — всласть.
Ужель дитяти не помни́лось,
что не прочна меж нами связь,
родства не долговечна милость?

В кармане я таю в пути
слоненка, чьи угодья — елка,
чтоб, словно невзначай, найти
в чужбине сирого проселка.

Слепит слоновость серебра
припек сверкающего мая,
но мать еще ко мне добра,
мою уловку принимая.

Не надобно ни слов, ни слез —
по елке не грустны поминки,
и спрятан вожделенный слон
для фальши будущей поимки.

Поляны призрачно светлы,
и бабочка облюбовала
такие желтые цветы,
которых после не бывало.

Мне этот детский желтый цвет
потом то чудился, то снился,
в зрачке хранилось столько лет
подобье выпуклого снимка.

И вот увидела вчера
с неодолимою тоскою:
трава свежа, земля черна,
цветок пресыщен желтизною.

Не довелось скучать поврозь
с растеньем рокового свойства:
его собранье мне поднес
наш страж — солдат Донского войска.

Меня смутил он добротой,
вдруг чует младость: мне — не выжить?
А та? Что знаю я о той,
с которой никогда не вижусь?

Несчастной матери укор
так одинок при желтом цвете.
Враги — родные кровь и кровь,
словно Монтекки с Капулетти.

Ровесник мой, покуда рос,
был детприемников сынишкой.
Долг или рок? — пустой вопрос,
ее безумьем осенивший.

«Уж лучше посох и сума»,
чем страшный приворот отравный.
Отрадней — Потьма, Колыма,
чем жалкий пост судьбы обратной.

«РодЕтельница» — говорят
так вологодские старухи.
Родить, радеть — единый ряд,
весь род упасший от разрухи.

Не стану утро утруждать
раздумьями о сновиденьях.
И наш умеет век рАждать,
радея о несовпаденьях.

Весна свой доживает срок,
как гибнущий в балете лебедь.
Бледней желтеет мой цветок,
желтей черемуха белеет.

Задумала иль предрекла
в тот майский полдень — этот полдень?
Далекой матери рука,
как гладят голову, — не помнит.

Слух ослабел, осоловел.
К утру уставшую, иную
дробит и множит соловей
прерывистую песнь ночную.

Вблизи черемухи моей,
глухих аллей, пустых беседок,
мозг поспешает пламенеть —
так жарко, словно напоследок.

Май 1999

БЛАЖЕНСТВО БЫТИЯ

I

Шесть дней небытия не суть нули.
Увидевшему «свет в конце тоннеля»
скажу: — Ты иль счастливец, иль не лги.
То, что и впрямь узрело свет, то — немо.
Прозренью проболтаться не дано.
Коль свет узрю — все черный креп наденьте.
Успению сознанья — все равно,
что муж вдовеет, сиротеют дети,
что некто ночь извел на некролог,
что зябок путь сквозь стылую аллею
к теплу утех... Заметив, на каком
я ныне свете, вчуже всех жалею.
Заране тяжко утруждать себя
тоской сердец, предавшихся кручине,
и знать, что всяк, прощаясь и скорбя,
невольно мыслит о своей кончине,
и прав! Наш круг, когда-то молодой,
был безрассуден и смешлив — затем ли,
чтоб слух прижился к стуку молотков
и обрывал могильщик хризантемы?
— Зачем? — спросили, отвечал: — Сопрут.
Герой событья волен без опаски
терпеть земли тяжеловесный пух,
не задыхаться в замкнутом пространстве.
Он все снесет: бюст неизвестно чей,
с ним смутно схожий челкою надбровной,
и даже пошлость выспренних речей,
привычных для ваганьковских надгробий.

Друзья, заране утешаю вас:
лишь мимоходом, вкратце я была там.
Булата мне не разрешила власть
отправиться вдогонку за Булатом.
Мной слышимо: так говорить нельзя.
Как горб громоздкой непосильной ноши,
я опыта столетья не снесла.
Страшна мне близость новогодней ночи.
Чужак не зван в чужие времена.
Но в чем был смысл? Чей зов меня окликнул?
Где чувств былых усталость провела
шесть дней благих бесчувственных каникул?
Жизнь, что ушла, не знает, что ушла,
впервые не страдая, не волнуясь.
Душа — бессмертна, но моя душа
отведала бессмертья и вернулась
туда, где смертны, пусть не вы, но я,
где я целую день зимы пред-первый.
Учена я блаженству бытия
разлуки с ним несбывшейся примеркой.
Следя за слабо брезжущим «почти»,
уставшие, радели о спасенье
врачи. О Спасе, вновь меня прости:
день возвращенья звался воскресенье.
Меня Упасший, упаси врачей,
они Твоим сподручны повеленьям.
Вознагради бессонность их ночей
полночною звездой над Вифлеемом.
Те знают, коих Гиппократ обрек
чужую жизнь считать больней, роднее
изнеможенья собственных аорт,
что атеистов исцелять труднее,
чем кротких сердцем немощных старух
иль нищих духом — это отзвук, эхо
прямого смысла: нищий, низший дух
добро свершает и скрывает это.

Я отвлеклась. Шесть дней прошли легко,
в отсутствии. Очнуться было сложно.
Где я была? Куда меня влекло?
Писать об этом и нельзя, и должно.
Что мозг познал? О чем он умолчал?
Пустело тело. Кто был бестелесен?
Таким не предающийся мечтам
себе — удобен, мне — не интересен.
Речь о мечтах. Вот несколько цитат.
«Читатель ждеть ужъ»... — он не мой союзник.
В сей год мой лоб — Владимирский централ,
где помышленья изнывает узник.
Пишу, как пишут барышням в альбом.
Что год! Столетью и тысячелетью
в угоду грубо тискала любовь
ту гордость, что пренебрегает лестью.
Тот, чьи слова: *«...ты царь, живи один»*,
мечтал в ночах и лунных и безлунных,
и днем, когда *вдоль улицъ* он бродил
или сидел *межъ юношей безумныхъ*.
«Без-умных» — написанье для чтецов.
Зачем беспечным приглашенье к тайне?
Заметка для чтецов, юнцов, глупцов:
моимъ мечтамъ — есть мысль, а не мечтанье.
«Мечтам!» — вскричавший мучил и манил
признанье обнаженное упрочить
и пристально произнести: моим —
то есть Его средь беззаботных прочих.
Судьбу строфы сменить легко, хладел
мой слух: меж слабоумных и нетрезвых,
где веер — уст лукавых конфидент,
сидит мечтатель и о чем-то грезит.
Подвижники подмостков, счет годин
он исчерпал, серчать повремените.
Поскольку — *царь* и потому — *одинъ*,
мы все — его свирепые ревнивцы.

Проникли в сплетни, в письма, в дневники.
Его бессмертье — длительность надзора,
каким еще не вдосталь допекли,
но превзошли терпимость Бенкендорфа.
Не проще ль том открыть и перечесть?
Открытия сокрытого — излишни.
Меж нами сходство и единство есть:
мы все Ему смешны и безразличны.
Не все, не вы, я о себе одной.
Когда, без озаренья, смерклось зренье,
в надземности, не ставшей мне родной,
забыло ль обо мне стихотворенье
иль было содержанием ума,
и возводила в степень удвоений
по-свойски близлежащая луна
храмъ многолюдный, дубъ уединенный?
Да вот они, за шторой кружевной.
Я думала в солнцеморозном свете:
зачем так ярко, так тепло живой
он непрестанно помышлял о смерти?
Мысль не страшна — насущна и важна,
и предстоящей пагубы подробность
обдумана: *бой, странствіе, волна...*
Нет книги — можно пульс виска потрогать,
добыть строку, желанье загадать
иль вспоминать Его июнь двухсотый,
где я, как при дуэли секундант,
свой знала долг, суровый и особый:
присматривать за тем, чтоб Юбиляр
нечаянно не оказался снова
сконфуженным, как некогда бывал,
здесь — англицизм, понятный для Шишкова.
Так ликовал, что плакал Петербург,
и Летний сад стал греховодно-райским.
Когда цветок мне мальчик протянул,
повеяло десятым днем февральским,

и год мне показался роковым,
чей счетовод не ошибется в смете.
Мы с Битовым порою говорим,
что смерть понятней помысла о смерти,
изъявленного формулой строки,
незыблемой, как ход светил с востока.
Смерть — белый лист, а помысел — стихи,
и Битов их читает превосходно.
В отъезде он. Я, разминувшись с ним,
останусь при сужденье неглубоком:
раздумья, нас снедающего, смысл —
в неравновесье меж душой и Богом.

Покоен тот, кто истину постиг.
Тот, чье чело опалено заране,
быть не умеет праведно простым
и не мечтает об утешном рае.
Опасно храбр, опасною мечтой
он осеняем. Сбудется, что мнилось.
Греховен гений. Он — соперник той
опеки, что зовется Божья милость.
К сему вдобавок, он безгрешней всех.
Он чрезвычаен, как морское чудо.
Все, в чем любой повинен человек,
ему иль неизвестно, или чуждо.
Страх, злоба, зависть — не его удел,
и недосуг ему: трудом печали
он занят. Где зимы пред-первый день?
Светает. Пред-пятнадцатый в начале.
Ночь не прочна. С ней навсегда прошла
жизнь, для которой ночи срок — обширен.
Написанное мной я так прочла:
вздор и шедевр — равны, в них нет ошибок.
Не знаю, был ли мне ниспослан дар,
иль, мной наскучив, он меня покинул?
Шесть дней не вовсе тщетны. Не тогда ль,

в обмен на жизнь, сбылась его погибель?
Шесть дней иль все — не велика беда.
«Брожу ли я вдоль улицъ...» — вот что важно.
Или: *«...Дорога не скажу куда...»* —
как доблестно, как нежно, как отважно.
Один, одна — мертвы, а всё царят.
Я ожила, а слово опочило.
Мой дар иссяк, но есть дары цитат.
Нашлись для точки место и причина.
. . . .
Урок: покуда длятся жизнь и лист,
оставь простор, угодный многоточью.
Начало и конец стихов сошлись.
Вот что случилось нынешнею ночью.
Когда над мыслью о скончанье дней
угрюмая посмеивалась тайна,
в мою палату, стен ее бледней,
вошла, рыдая, санитарка Таня.
Ее в реанимацию послал
профессор, и Татьяна побежала.
Врачи молчали на своих постах,
а на своем — покойница лежала.
Ее в снегу прохожие нашли.
Из тех, сказали, что живут в подвале.
Лишь Боговы и более ничьи,
ее черты, младея, остывали.
Без имени, без документов, без
всего, что мучит или греет тело,
приемля ламп потусторонний блеск,
она хладела, а лицо светлело.
На миг очнулась молодость лица —
такое ль прячут в общую могилу,
с каким она в недальние леса
девчонкою ходила по малину?
Но вскоре возраст знанья обо всем
приостановит выраженье лика.

Да и была ли благодать лесов?
Алела ль переспелая малина?
Горючесть очевидицы росла,
но в описанье точном не ошиблась.
Особенно Татьяну потрясла
волос еще живая беззащитность.
Давно ль они курчавились, вились
и обольщали взоры танцплощадки?
Мечта иль мысль, молись, склонись, винись
пред жизнью, чьи угодья беспощадны.
Не милостива к пришлецам Москва.
К той, во снегу уснувшей, — и подавно.
Ей не дано узнать, что есть места
лютей и холодней ее подвала.
Зато — там все свободны, все равны.
Вот обрести приют надежный способ.
Там все так высоко умудрены,
что их никто и ни о чем не спросит.
Врачи привыкли, что сегодня мертв
кто жил вчера и танцевал когда-то.
Звонили в морг. Ответил бодрый морг,
что не свободна ни одна каталка.
Все плакала любимица моя,
Татьяна, проживающая в Кимрах.
К себе призвавший ту, что умерла,
вдруг Ты меня упас, но и покинул?
Душа усопшей, в Твой возмывши верх,
не примет ли живучесть за кощунство?
Ее чело запечатлело свет,
как будто перст любви его коснулся.
Впервые, может быть, и навсегда
ее забота чья-то приласкала.
Какого городка или села
изгнанница в Москве судьбу искала
и там нашла, где я найти могла?
Не мне ли предназначенное место

ей довелось занять взамен меня —
безвестно, безымянно, незаметно?
Никто не изнывал, не горевал,
ни причитаний не было, ни крика.
Освободившей от себя подвал
открылось то, что от меня сокрыто.
Кто мудр, но жив, — тот не вполне мудрец.
Всеведуще — что чрез мгновенье слепо.
В свершающемся совершенстве есть
изъян: оно не может быть воспето.
Зане ль извне поэт глядит во смерть?
О той, в снегу, с кем поделюсь печалью?
Как мне ее последний миг воспеть?
Зачем я снова вижу танцплощадку?
Обнимка с грубой статью, дух вина.
Она не знает слова «папильотки»,
но как чудесно кудри завила!
В густых зрачках — загадка поволоки.
Как весела, как горяча зима!
Жизнь не сулит ни горя, ни убытка.
В Дэ Ка занявшись, в небеса взята
мелькнувшая и сгасшая улыбка.
Брожу ли я... Вхожу ль... Сижу ль... Оставь!
Левей окна, в невидимом востоке,
достиг луны блик, смеркшийся в устах.
Пятнадцатый день декабря в исходе.
С июня, с Петербурга, с торжества
слух Битова я устрашала речью:
де, я не дотяну до Рождества,
а по весне черемухи не встречу.
Навряд ли он моим словам внимал.
Мы под одною рождены звездою.
Решать: *въ бою ли, въ странствiяхъ, въ волнахъ* —
звезде, ее остуде или зною.
Непререкаем явственный указ:
— Молчи, больницы Боткинской подкидыш!

Приблизишь срок – так полыхнет у глаз,
увидишь свет, но этот свет покинешь.
Пытливый мозг не может знать всего,
как школьник, что не глуп, но непоседлив.
Но как же ослепительно-светло
даруемое жизнью напоследок!
К Европе подступает Рождество.
Москва печется о припасе снеди.
Долг перед Богом? Совесть? Ремесло?
Все ль это вместе – помысел о смерти?
В больнице трудно позабыть о ней.
Во всякий миг пред чьим-то взором – вспышка.
Стихи писала я шестнадцать дней
и признаю, что ничего не вышло.

II

На свете счастье есть. Нет солнца, нет мороза.
Стерпи и не взыщи, несчастный друг, Данзас.
Оброка отдан долг, завершена морока.
Громоздкому труду лишь точка удалась.
Но роза – вот, скорей возьми ее, читатель.
Покорно у себя я розу отберу.
Все то, на что мой лоб свой хладный жар истратил,
известно лишь ему, бумаге и перу.
На мысли, от каких не знала отвлеченья
для роздыха и сна, ушел полудекабрь.
Лоб чтенье претерпел с восторгом отвращенья.
К тому ж вблизи бубнил экран-политикан.
Свершенные грехи с возможными стихами
не только рифмовать, их совместить нельзя.
Мороз повенчан с той, столь розовой, в стакане
живущей, как она разлуку с ним снесла?
Мой опустел талант. Так – то, что было рощей,
погубят и спешат игорный дом возвесть.

Пусть я поэт плохой, читатель я — хороший,
и смею утверждать: на свете счастье есть.
«На свѣтѣ счастья нѣтъ...» — прочтешь, уже ты счастлив.
И роза и мороз друг в друга влюблены.
В два голоса поют стихи Марина с Асей.
Вперяется слеза в три четверти луны.
Сама читатель свой и свой же собеседник,
коль смерклось, зажило под челкою тавро,
покуда жив твой век, усердьем сил последних
попробуй объяснить: в чем счастие твое?
Я лишь к утру пойму, в чем смысл его сокрытый.
Простерт перед зрачком мой беззащитный текст.
В сравнении со мной — подобострастен критик,
любой, как ни суров, — лишь боязливый льстец.
Мне помысел про смерть был полночью нашептан.
Живые имена пусть поцелует смех.
Вот — Пущин, вот — Плетнев, вот — домик, что Нащокин
так чудно сочинил, вот — Дельвиг, прежде всех.
В сплошной густой ночи — такая мощь оттенков
и всякая важна подробность тишины.
В больнице, что воздвиг для бедных Солдатёнков,
то стоны мне слышны, то вздохи, то шаги.
Кто Солдатёнков был? По имени — Кондратий,
издатель книг, делец, по батюшке — Кузьмич.

Не счастье ль знать, что с ним не встретился каратель
и не успел за то, что — добродей, казнить?
Одиннадцатый год. Освящена больница.
Быть бедного бедней, остаться в том году!
Веселая Москва гордится, не боится.
Ей некогда предзнать грядущую беду.
Меж тем — давно пора. Вдруг автор мне наскучил.
По прихоти его мне дела нет до сна.
О счастье разговор, докучный и насущный,
пускай он завершит, дожив до Рождества.

Со стороны смотрю: сей бедный сочинитель
притворствует иль впрямь юродив и убог?
Меж небом и землей каких незримых нитей
распутывает он таинственный клубок?
Зачем он возлюбил больничные угодья?
Дозволено гулять: до замкнутых ворот.
Как хвойно пахнет двор кануном новогодья!
Кто врачевать спешит, а кто перо берет.
Кто в руки взял перо — пусть что-нибудь напишет.
Пред белизной страниц он был всегда несмел.
Он близко созерцал затменье звездных вспышек.
Он алчности не знал, имуществ не имел.
Пусть по земле бредет — опрятно пусторукий,
склонившись по пути пред скорбною старухой,
пусть слушает наказ: миг бытия воспой.
Он плачет, услыхав: — Храни тебя Господь.
Утешен ли ему благой присмотр небесный?
Как был он изнурен — не в эти дни, а в те —
предчувствием больших неотвратимых бедствий.
Что сбудется оно, узнают вскоре все.

Декабрь 1999, август 2000

УМСТВЕННЫЕ ЗАТРУДНЕНИЯ

I

Лежаний, прилежаний, послушаний
я кроткий и безмолвный абсолют.
Двоится долг двух розных полушарий,
они не ладят, спорят, устают.

Я лишь у них могу просить подмоги,
но скрытен и уклончив их намек.
Мозг постоянно думает о мозге.
Он дважды изнемог. Он занемог.

Возглавье мутной и банальной суммы
всего, что зрит со скукою рентген,
удушьем жабр, как житель вод на суше,
по морю ли тоскует, по реке ль?

Мозг счел себя собраньем ям и рытвин,
и видимая выпуклость ума —
всего лишь сгусток принужденья к рифмам,
невольничьих дерзаний толчея.

Свой соглядатай, сам судья и жертва,
зачем он лжет, что он — насельник вод?
Не знающий таблицы умноженья,
он — всех своих изъянов счетовод.

Он расточил свои лета младые.
Подсчет растраты округлен в просчет.
Вот — впадина, в которой нет латыни.
Он и Гомера не вполне прочел.

Следит за миражом его пустыня.
В грозу он Зевсу молится тайком.

И Библия его грехи простила
лишь потому, что смысл ее таков.

Созвездия полуночи поспели.
Науськавший на дрему кофеин,
страж небосвода на посту постели
читает в нем беспечный афоризм.

Написано: «...должна быть глуповата»,
но не ему — избраннику-уму. —
— Моя палата — зауми палата, —
он глупо шутит, пялясь на луну.

Ослушник мозг вотще себя терзает.
Его рацеи стих не перенес.
Его отверг смешливым многознаньем
и в *недруги* зачислил *парадокс*.

Светает. Созидатель неудачи
глядит подслеповатою совой.
Когда б он знал, что приключится дальше,
он пуще бы смеялся над собой.

II

Уж утро. За потачку Геркулеса
я приняла заздравной каши вкус.
Невнятица ночная околесна.
Насколько каша лакомей для уст!

Прочла свой черновик и ужаснулась.
Болтлив и вял нестройных букв молчок.
Не только дома — всех домов и улиц
изгнанник я, чей разум помрачен.

В диагноз вскоре вникнет медицина.
Стишок мой оказался роковым.
Я кабинета должного достигла
смиренным пациентом рядовым.

Я озирала очередь сограждан —
усталой жизни убыль и урон.
И убыстрилось, возрыдав о каждом,
то, что дрожит меж сердцем и умом.

Я затаилась, поместившись в угол,
пока меня целитель не нашел.
Мне мой наряд вдруг показался *«vulgar»*.
(Шишков, прости. Ты был убит ножом.

Тебя любивший не узнал об этом.
Одной печалью меньше для Него.)
Мой мозг стал испытания объектом.
Сколь далеко беднягу занесло!

Как вор в пустом украденном бауле,
компьютер шарил в разуме моем.
Напрасно! То ли оба слабоумны,
то ль скрытен изучаемый объем.

Сестры ученость головой качала.
Претерпевая двух устройств раздор,
она прибор включала, выключала.
Потупившись, я вышла в коридор.

По-прежнему бледна, одутловата,
томилась блеклой байки толчея.
Любя ее, вдруг стала *глуповата*
та, что ко мне нисходит иногда.

Не нужно ей навязывать заданий.
Достаточно понять при свете дня,
насколько все вокруг многострадальней,
добрей, превыше и умней меня.

23–24 мая, 4–5 сентября 2000

ОТСУТСТВИЕ ЧЕРЕМУХИ

Давно ль? Да нет, в тысячелетье прошлом,
черемухе чиня урон и вред,
скитаясь по оврагам и по рощам,
я всякий раз прощалась с ней навек.

С больным цветком, как с жизнью, расставалась.
Жизнь убывала, длился ритуал.
Страшись своих обмолвок! — раздавалось.
Смысл наущенья страх не разгадал.

Я стала завсегдатай отпеваний,
сообщник, но не сотворитель слез.
Вокруг меня смыкался мор повальный,
меня не тронул, а других унес.

Те, что живее, надобней, прочнее,
чем я, меня опередив, ушли.
Вновь слышу уст неведомых реченье:
— Остерегись! Еще не всё, учти.

В студеном, снежном мае прошлогоднем
был сад простужен, огород продрог,
зато души неодолимый голод
сполна вкусил растенья приворот.

Со мною ныне разминулся идол,
и что ему моей тоски пустяк!
Нюх бедствовал, ум бредил, глаз не видел.
— Навек! — твердила. Что же, век иссяк.

Век заменим другим. — Прощай навеки! —
вот ария из оперы немой.
Случайно ли влиянье властной ветви,
хотя б одной, май разлучил со мной?

В чужом столетье и тысячелетье
навряд ли я надолго приживусь.
Май на исходе. Урожай черешни —
занятье и окраска детских уст.

Созреет новорожденный ботаник,
весь век — его, а он уже умен.
Но о моих черемуховых тайнах —
им счету нет — не станет думать он.

Привыкла я, черемуху оплакав,
лелеять, холить и хвалить сирень.
Был цвет ее уму и зренью лаком;
как мглисто Пана ворожит свирель!

На этот раз лиловые соцветья
угрюмо-скрытны, явно не к добру.
Предчувствия и опасенья эти
я утаю и не предам перу.

29–30 мая 2000

СКОНЧАНИЕ СИРЕНИ

Мне был подарен сгусток мглы лиловой —
владелец мглы стал алчен и свиреп.
Насильною докукою любовной
пренебрегла смиренница сирень.

По Персии тоскует иль по воле
за изгородью, где она росла?
Не Марсово ль ко мне явилось поле?
Иль вижу пред собой его посла?

Но у сирени Марсовых угодий
нет родственниц — тяжеловесна гроздь
настолько, что — подавленный — уходит,
ей нагрузив зрачок, заезжий гость.

Нет, в садоводы не заманишь Марса:
есть дело побольней и посильней.
Стать барышней, всплакнувшей в честь
романса,
не Марсу же! Зачем ему сирень?

Свое растенье пестуя и нежа
и трепеща, чтоб чудо удалось,
я вижу, что ее снедает нечто,
с чем посылают в Крым или в Давос.

Страдалицы курорт — в хрустальной вазе
(мне вазу Гусь-Хрустальный подарил).
Спасти сирень я не имею власти,
и жизнь ее — лишь смерти псевдоним.

Лиловый цвет претерпевает убыль.
Я сумрачна не мене, чем сирень.
Коль в наш сюжет больной вмешался Врубель,
пусть это будет нас троих секрет.

Сирень не просит моего совета:
как быть, свершая предпоследний вздох.
Черны ее опавшие соцветья —
они манят и устрашают взор,

как существа незнаемого рода,
ползут куда-то, шелестят, хрустят.
Их роль в ночном сознании огромна.
Я знаю, где их место, в чьих холстах.

Я разгадала их предназначенье:
натурщики, чьи велики долги,
жуки и черви во разъятом чреве —
то ль явь моя, то ль вымысел Дали.

Я почитаю и храню их тайну,
чьей скорлупы я раскусила суть.
Я их с опаской со стола сметаю:
противятся и норовят куснуть.

Сирень, скудея, это племя множит,
уже ему не предок, не родня,
она ни жить, ни умереть не может,
и умерла б, да, видно, жаль меня.

Страдание — сокровищ увяданье,
его предотвращала я везде:
в Куоккале, в Тарусе, на Валдае —
вернув земле иль подарив воде.

Пусть станут почвой, уплывут скорее.
Весной воскреснуть — избранный удел.
Сирени остов — памятник сирени,
воздвигнутый в последний мая день.

Всеобщий май стал для сирени — осень,
июнь ее зимою осенит.
Что подношенье — не цветок, а осыпь, —
Дали простит, он сам был озорник.

От изваянья веет постареньем
родившихся — они уже грустят.
Для силуэта скорби постаментом
Гусиный не желает быть хрусталь.

Уединенья моего обитель
земли превыше, в нем не та вода.
Ужель сирени сделаю гробницей
прожорливый, разверстый зев ведра?

А дале — усыпальница помойки,
затем — ужасное, уже не знаю что.
У близости небес прошу подмоги —
в них вкратце громыхнуло и прошло.

Гроза гуляет рядом, за домами
недальними. Не хочется перу
писать. Как я свершаю злодеянье,
предав сирень загробному ведру.

Засохнет в книге мглы лиловой прядка,
и прихоть строк, что сами родились, —
не измышленье вольное, а правда,
презренный и унылый реализм.

Скончание сирени — неужели
намек на... Грянул осерчавший Зевс.
Я принимаю предостереженье
и понимаю: место точки — здесь.

30–31 мая 2000

ПУГОВИЦА В КИТАЙСКОЙ ЧАШКЕ

С утра усилием невинным,
из трудных снов и вялых дрем
я выпросталась, кофеином
превозмогая радедорм.

Сообщник мой – большая чашка,
чей тайный смысл – совсем в другом:
ее узор – хозяин счастья,
год опекающий дракон.

Имею слабость я к драконам,
им прозвище мое сродни,
к тому же с греческим Драконтом
легко рифмуются они.

Гнушаясь дерзкой оговоркой,
ее не огласит гортань.
Мой грех простит Святой Георгий.
Отмстить не преминет Геракл.

Фарфор, содеянный Пекином, –
дракона шутка или власть?
Вдруг – пуговица, пост покинув,
умышленно оторвалась.

Но как! Зазнавшимся сознаньем
намеченную цель узрев,
прыжка неистовым зигзагом
нырнула во драконов зев.

На дно китайского сосуда
явилась, прянула домой.
Чтоб никогда я не заснула,
на ней настоян кофий мой.

На гущу мощную надеясь,
скажу остывшему теплу:
я почитаю рукодельниц,
но рукоделья не терплю.

Больней, сильней, чем полнолунье,
игла и нить терзают мозг.
Он пуговицы вольнолюбье
на место возвратить не смог.

Что говорить о высшем, большем!
Ниспосланный принизив сан,
каких окраин и обочин
он горестным скитальцем стал?

Июня третий день, субботний,
ушел на жалкую борьбу
с вещицей, ставшею свободной.
Но и перо я зря беру.

Пустует лоб, слабеет локоть,
до воскресенья — пять минут.
Успеет ли пера неловкость
нелегкость спешки обмануть?

Нет, времени сбылась идея:
столкнулись лбами тьма и тьма,
и неудача рукоделья
равна изделию ума.

Знаменье в том, что ровно полночь —
час заповедный, роковой.

Чем искупить и чем восполнить
мгновенья вещий приговор?

Долг пуговицы — весть разлада
меж всем. Ее побег — намек
на резвость моего таланта,
пустившегося наутек.

Как быть с утечкой и уверткой?
Сусеков скареден резерв.
Почат июня день четвертый.
Еще темно, уже рассвет.

Грань мглы — уклончива, бесценна.
Как прежде нравилось словам
восславить безымянность цвета,
наречь, пока не воссиял.

Ловец оттенков — измышленье,
его улов — незримый цвет.
Все глубже, гуще и сложнее
зрачок — пространства цепкий центр.

О пуговице быстропятой,
чей цвет белесо-никаков,
не помнит день июня пятый
не потому, что бестолков.

Нет, просто вымыслы иные,
три раза полночь преступив,
рифм клянчили, дразнили, ныли:
дракон кофейный не сонлив.

Тому есть несколько свидетельств,
еще вчерне, не наяву.
На этом пуговицы действий
я перечень остановлю.

В нем — тени тайн, обмолвок блики,
вне опасений, вне тревог;
присмотр юродивой улыбки
оберегает натюрморт.

На созерцателя прицыкну,
заветному предамся дню
и года новенькую цифру
нулей триадой удлиню.

3 — в ночь на 6 июня 2000

РОЗА НА ОКНЕ

Есть роза у меня, что стала иммортелем.
Столь длительный удел счастлив или жесток?
«Читатель ждет уж...» — да, горда и не мертвеет.
На розу я смотрю в июня день шестой.

В столетии былом, в былом тысячелетье,
в их тридевятый год и просто год назад
совпали страсть и грусть, восторг и сожаленье,
обилье стольких чувств стесняло Летний сад.

Единый пульс сердец, имевший ритм припадка,
врача бы устрашил, кардиограммой став,
и полдень так сотряс привет Петра и Павла,
что — слезы на глазах и клики на устах.

В объятий западню попал любви избранник,
столь замкнутый простор пугал и умилял.
Все знали, что — рожден! Никто не знал, что —
ранен,
и несколько скучал смущенный юбиляр.

Я долго для него изыскивала розу —
не родственную той, что бодрствует сейчас, —
отличную от всех по стати и по росту.
Но сколько же цветов! — чтоб дворник осерчал.

Не внемля новостям, сомнениям и распрям,
как будто временам он все грехи простил,
проспект, где я живу, зовется Ленинградским,
и я люблю его, текущий в Тверь пунктир.

Ночь моего окна светла не потому ли,
что затаенный смысл отверстого окна —
уменье ночевать не здесь, а в Петербурге,
отлучке беглеца потворствует Москва.

Два города души живут не врозь, не розно,
рознь между ними есть, но это их секрет.
Опровергая рок, бодра живая роза,
да некому сказать: «...возьми ее скорей!»

6–7 июня 2000

ПОМЫСЕЛ О ПРУСТЕ

Прощай, прощай! Со лба сотру...
Прощай, все минет: дом и сад,
в саду у дома и в дому
смотрели, как в огонь костра.

Меж наших двух сердец туман...
То сад, то Сван являлись мне,
цилиндр с подкладкою зеленой,
младенческий цветник Комбре,
фиакр, в цветок греха влюбленный.

Все, что вотще, вовне росло,
казалось бредом, сна ошибкой.
Дремотно теплилось родство
лишь с книгой и свечой оплывшей.

Столь прихоть чтения сбылась,
что к зренью ластилась чужбина,
в нем цвел приветливый соблазн
взамен обрыва и отшиба.

Забыться, в книге обитать,
не ведать вздора и раздора.
Но лют припек судьбы — боязнь
острастки словаря родного.

Резвей перо, чем скудость уст.
Свеча иссякла. Напоследок
я усмехнусь: барон Шарлюс —
моих молчаний собеседник.

И боле никого вблизи.
Взрослеющего дня деянье,
помедли, смеркнись, не блести
в угодьях мглы, что ярче яви.

Крепчает пред-рассвета час.
В проем подслеповатой шторы
я вижу, как озябших чад
влекут в унылость сонной школы.

Есть миг, когда хладеет пот:
цвет безымянен, кисть свободна –
и воздух обретает плоть
громоздко-стройного собора.

Как на ночь замкнутый рояль
хранит созвучья скрытных таинств,
двор мглист, как в сумраке Руан.
Еще темно. Уже светает.

Сообщник тени на стене,
чужак в столетья светлом устье,
я брезжу в пристальном стекле
бледней, чем помысел о Прусте.

1970–2002

ХВОЙНАЯ ХВОРОБА

Борису Мессереру

I

Мы знаем: счастья — нет, но где покой, где воля?
В рассудке бредит дрель, чей строен диссонанс:
диез влюблен в бемоль. Младенческая хвоя,
в Крещенский вечерок печется ль кто о нас?
Воск воду усложнил и капает на карты.
Что ведомо свечам и зауми зеркал?
Ворона под окном: — Карр! Поживаешь как ты? —
Вороний сирый глад, знать, ласки возалкал.
Давно возлюблен мной летатель заоконный,
встречались и внизу: вот — лакомая сласть.
Эзоп или Крылов, отрину слог окольный:
кусочек сыра есть, да нет уменья встать.
Жить — и виновной быть в убийствах, войнах,
ссорах
всемирных? Зренья дар был возвращен очам.
— Под мышкой у тебя вскипела цифра «сорок» —
мне Цельсий, хоть молчал, любезно отвечал.
Сколь мой возвышен сан в угодиях укромных!
Кровать, дозволь хворать, ни словом не солгав,
не учинять ногам хождения уроков,
лежать, словно стоять, как на посту солдат,
навытяжку. Ужель я на посту заснула?
Вот — воля, вот — покой. Одну приемлю власть
удельных двух князей недуга и досуга.
Ворона, пес и кот повелевают: встать.
Встаю... едва иду... Иеронима Босха
творений пред зрачком очнулся вариант.

Пав из ухватки рук, посуда щедро бьется.
— Все — к счастью, — говорю, как люди говорят.
Озноба кисть дрожит, лунно-морозной вязи
растит в уме узор озонной хвои в честь.
Спектр в дребезгах расцвел Гусе-Хрустальной вазы,
как радужная мысль: мгновенье счастья — есть.

20–21 января 2002

II

Опускаем полгода. Сочтем юбилеем
мой апрель и тысячелетья июль.
Многоопытно пренебрегает елеем
все, что знаю: Восток, Запад, Север и Юг.

Больше: всё, что меж ними, и всё, что над ними.
Бесполезны укрытий и глубь, и навес.
Сотрясенья земные ужель возомнили,
что не равновесны острастке небес?

Новых бед ненасытная пагуба ищет,
небоскребов не жаль, и лачуг, и святынь.
Уготовано Царствие Божие нищим,
кротким духом, — куда возмывать остальным?

Я полуночи жду. День июня тридцатый
иссякает, печалиться поздно по нем.
Высший час вдохновений, мечтаний, терзаний
телефон свысока называет «нолём».

Лишь минута у жизни июня осталась
и у мысли: а вдруг... впрочем, нет, не скажу.
Наготове свечи бездыханная статность.
Как всегда, ровно в полночь свечу возожгу.

Телефон здесь при том, что часы — не педанты,
как хотят — так идут, а свеча на столе —

для потачки перу и уму для подачки
измышлений, стене — для теней на стене.

Полусумраком письменность кухни насытив,
ночь редеет, окна дуновенья свежи.
Лбом искательным вперившись в пламя, мыслитель
вспомогательных две возжигает свечи.

Подаяний уму долго ждет попрошайка.
Три свечи Триединую чтут ипостась
(вместе с «ижицей»). С каждым мгновеньем прощанья
тщатся неописуемое описать.

Три свечи — это явь. В чем безгрешность гаданья, —
иподьякон не скажет, смолчит пономарь.
Буква «ижица» ныне — сокровище Даля,
но зачем было «ять» у свѣчи отнимать?

Мысль метафоры: власть над ни с чем не сравнимым —
в исподлобье замкнув, до утра донесу.
Жаль свечи, освященной Иерусалимом,
тридцать три таковых — давний дар к Рождеству.

Добавляем полгода к двум тысячелетьям,
сумма — возраст июльского первого дня.
В поминанье сирени, жасмину, черешням
две свечи догорели, осталась одна.

Показалось: свеча что-то важное знает,
причиняя тревожную тень потолку,
и внезапная, внятная ощупи наледь
позвоночника вспять подступила ко лбу.

Не страшись! Огнь свечи помышляет о роке,
толком чувство с предчувствием не рассудив.
Остро-быстрый озноб — плата хвойной хворобе,
запоздалый, как врач бы сказал, рецидив.

Одинокой свече до моих недомыслий
дела нет: к недомолвкам ли клонит, ко сну ль?
Цвет небес уж не сам ли творит Дионисий,
съединив с приозерною охрой лазурь?

Всё — единожды и не появится снова.
Два мгновения вечности — не близнецы.
Ровня им — лишь единственность точного слова,
не умеешь — забрось твою кисть и засни.

Лепту в дело привнес некий новый работник:
бледной зеленью разведена синева.
Где сошлись и расстались Кирилл с Ферапонтом, —
скрылся там Дионисий и с ним сыновья.

Не поспеть созерцанию за небесами.
Кобальт гуще, чем вялое месиво слов.
Блёкло неописуемого описанье,
неуловимого — легковесен улов.

Дождалось заоконное небо соседа —
очень издали. Сены привет — от кого?
Хрупкость мглы безымянной — явленье Сислея
по прозрачно-неторному следу Коро.

Скудных копий поденщик, должник ореолов,
Петербурга приток, Ленинградский проспект, —
твой шесток. — Но над ним Михаил Ларионов
вполтумана, вполтона содеял рассвет.

Нежно-зелено-розова глубь голубая.
Устыдятся ль ее прегрешенья земли?
Жизнь свечи, вместе с жизнью моей убывая,
уповает на общую прибыль зари.

Ночь прошла за уклончивым словом в охоте.
Спи, охотник, один возымевший успех:
и не спал, но проснулся Музей на Волхонке —
в семь цветов возбелел обнажившийся спектр.

Не считая соцветий меж-цветий, при-цветий
и ранимого мускула цвета внутри... —
иероглифы всех стеаринных предвестий,
не разгадывая, со стола убери.

Сердцу цвета не быть нареченным насильно.
Западню всех эпитетов цвет обманул.
— Сколько времени? — у телефона спросила.
— Пять часов, — отвечал, — сорок девять минут.

Взять у времени отпуск десятиминутный.
Голос чей населяет устройства гортань?
Кто сподвижник всеведущий ночи минувшей?
Есть ли способ здороваться с ним по утрам?

Столь услужливый, вкрадчивый и бестелесный,
как в извилистых бодрствует он проводах?
С этой мыслью, быть может, небезынтересной,
в шесть часов ноль минут не могу совладать.

Как любовники вечные вечной Вероны,
цвет и свет неразъемно на миг обнялись.
Изумрудные отсверки хвойной хворобы
смерклись, канули. Воздуха чист аметист.

Спелость дня — обозрима, объемна, весома.
Эй, счастливец! Ночные добычи сочти.
Но зачем? Мне зачтутся заслуга восхода
и предчувствие бедствий — длиной в три свечи.

30 июня — 2 июля 2002

III

Июля первый день живописатель цвета
как дале проводил? Он до полудня спал.
Но все же не совсем бесцветно и бесцельно:
чтоб завтрак был готов, меж сном и сном он встал.

Подсвечник — пустовал. Возрадовалась кухня,
вернувшись в здравый смысл присущих ей хлопот.
Четыре навострив ноздри, четыре уха,
внимательно за ним следили пес и кот.

Хозяин их сидел за трапезою скромной.
Обыденной поры утешен ритуал.
Приплод черновиков, пугающе огромный,
взор едока смущал и локоть притеснял.

Пред тем как чай подать, кухарка досмотрела
цвет кружки — глубоко-коричнев? скрытно-желт?
— Земли Сиены в честь есть «Терра-ди-Сиена»
порода краски — так сказал кто чая ждет.

Вновь озадачен он: — Цвет еле-зелен, если
схож с еле-голубым, — ему названье есть?
— Вождь неземных цветов — Паоло Веронезе.
Потомки — краски высь зовут: «Поль Веронез».

Что с краской сей в родстве — скромнее изумруда,
как мох иль как стекло, где твой цветок стоит,
как тины тишь и глушь в усадьбе, где запруда
недвижность вод хранит, — таков «волконскоит».

Вгляделась в слова цвет — та, что порою — повар.
Исток ее зрачка — чердак на Поварской.
Вот — новый помышлять о хвойной хвори повод.
Коробку красок взял владелец Мастерской.

Собаке подошел цвет «охры золотистой»,
«тиоиндиго» цвет, разбавленный, — коту.
«Лимонный кадмий» цвел, и здешний, и латинский.
Зной приторный — свежей, когда кислит во рту.

Сколь завтрака любви цветиста волокита,
пускай не на траве — но в травяном мазке
не знаемого мной досель «волконскоита».
Ужель Мане с Моне увиделись в Москве?

Кроме кота и пса, и зоркости вороньей,
когда бы у страниц чужак свидетель был,
— Их связь, — спросил бы он, — в чем
с хвойною хворобой?
А Цельсий исчислял рассудка хлад и пыл?

Связь — косвенный пунктир. Скажу, коль речь
о хвое:
мы с елкой так в былом расстались феврале —
ее питал сугроб. И деревце, от хвори
опомнившись, смогло прижиться во дворе.

Здесь — семиточья ряд и перерыв — в неделю.
Коробка красок — вот, осталось сиротой
названье «Ленинград», но адресом владею,
то — Черной речки близь, в два корня: Сердоболь.

Нет, улицу зовут иначе: Сердобольской.
Сиротский дом ее нарек иль Вдовий дом?
В грамматиках других подобных нет довольствий
словесных, но не в них приют сирот и вдов.

Привыкшие менять на клички прозвищ рекло —
в аду, иль где-нибудь, — теперь не все равно ль?
Доныне на Руси не часто и не редко
встречаются места, чье имя: Сердоболь.

Прощаюсь со свечой и с хвойною хворобой.
Досужему звонку не отворяю дверь.
В июля день восьмой, всескорбный, похоронный,
воспомню, как ушел июля первый день.

Огарок той свечи, чей прозорливый гений
мой ум превосходил, я горестно храню.
Свеча внушала мне предвестие трагедий.
Нет утешенья в том, что их конец — в раю.

Покуда я похвал искала небосклону
и действия свечи казались мне умны,
отличных от других полетом в Барселону,
каков был сон детей под пологом Уфы?

Им завтракать пора. Их ненаглядны лица.
Перекрестить, обнять, объятия разъять —
постойте! Но уже нельзя остановиться,
напрягся самолет, и сдан в багаж рюкзак.

Летят. Стемнело. Мир — собранье одиночеств,
сильнее, чем: весьма, пишу, как встарь: зело.
Ноль времени забыв, зажгла свечу. Давно уж
полуночи сбылось зловещее зеро.

Не в тот ли миг огонь моей свечи качнулся?
Стенал автомобиль, забытый у ворот.
Остерегаюсь я невольного кощунства,
но знаю: был тогда в исходе час второй.

Подслеповатый мозг под утро стал беспечен.
День наступил, и так пульс меж висков устал,
как будто это я — рассеянный диспетчер,
что в небеса смотрел и смерти не узнал.

А дале — я спала. Мне Батюшков приснился.
Игра с какой иглой — в обычае зрачков?
И сыщет ли ее выискиватель смысла?
Стал непрогляден стог моих черновиков...

1–16 июля 2002

ВИШНЕВЫЙ САД

Не описать ли... не могу писать...
Весь белый свет — спектр, сумма розней,
распрей.
В окне моем расцвел вишневый сад —
белейший семицветный день февральский.
Сад — самоцветный самовластный день.
Сомкнувши веки, что в окне я вижу?
Сад — снегопад — слышней, чем вздор людей.
Тот Садъ Вишневый — не лелеет вишню —
не потому, что саду лесоруб
сулит расцвет пустыни диковатый.
Был изначально обречен союз:
мысль и соцветья зримых декораций.
Так думал Бунин — прочитает всяк,
кто пожелает. Я в сей час читаю.
Чем зрителю видней Вишневый сад,
тем строже Садъ оберегает тайну.
Что я в ночи читаю и о Ком —
мне все равно: поймут ли, не поймут ли.
Тайник — разверст и затворен. Доколь
скорбеть о тайне в скрытном перламутре?
Вишневый сад глядит в мое окно.
Огнь мыса опаляет подоконник.
Незваный, входит в дверь... не знаю: кто.
Кто б ни был он, я — жертва, он — охотник.
Вишневый сад в уме — о таковом
не слыхивал тот, кто ошибся дверью.
Как съединились сад и Таганрог, —
понятно лишь заснеженному древу

в окне моем. Тот, думаю о Ком, —
при бытия мучительном ущербе,
нам тайн своих не объяснил. Но он
врачу диагноз объяснил: «Ich sterbe».
«Жизнь кончена», — услышал доктор Даль.
Величие — и в смерти деликатно.
Вошедший в дверь, протягивая длань,
проговорил: — Насилу доискался.
Жизнь кончена? Уже? — Он в письмена
свой вперил взгляд, возгоревав не слишком.
— К несчастью, это — не мои слова.
Склонившийся, их дважды Даль услышал.

Февраль 2006

СПАС ПОЛУНОЩНЫЙ

«Претерпевая медленную юность,
впадаю я то в дерзость, то в угрюмость,
пишу стихи, мне говорят: порви!
А вы так просто говорите слово,
вас любит ямб, и жизнь к вам благосклонна» —
так написал мне мальчик из Перми.

В чужих потемках выключатель шаря,
хозяевам вслепую спать мешая,
о воздух спотыкаясь, как о пень,
стыдясь своей громоздкой неудачи,
над каждой книгой обмирая в плаче,
я вспомнила про мальчика и Пермь.

И впрямь — в Перми живет ребенок странный,
владеющий высокой и пространной,
невнятной речью, и, когда горит
огонь созвездий, принятых над Пермью,
озябшим горлом, не способным к пенью,
ребенок этот слово говорит.

Он говорит, что устрашает сердце
Елабуги недальнее соседство,
что канет в Каму резвый бег ладьи,
что бродит он по улицам с опаской
и в сумрачный тридцатый день сентябрьский
не чтит Надежды, Веры и Любви.

Во времени обратном Возрожденью,
какой ответ для мальчика содею?

Я просто напишу ему: — Прости!
Я — не наставник юных дарований.
Туда, где реет ангел деревянный,
пойди — его, а не меня спроси.

Там — выпукла прозрачной тайны сущность,
дозволившая непрестанно слушать:
уж Петр отрекся и петух пропел.
И кажется: молитвами своими
Скорбевший в полночь в Иерусалиме
с особой лаской помышлял про Пермь.

Всех страстотерпцев многогорькой Камы,
объемля их простертыми руками,
в превыспренних угодьях Он упас.
Коль Он часовню ветхую покинул, —
то лишь затем, чтоб отвести погибель
от чад земных, что будут после нас.

Пермь, май 2007

ОЗЯБШИЙ ГИАЦИНТ

> Цветок засохший, безуханный,
> Забытый в книге...
>
> *А. Пушкин*

Борис мне подарил озябший гиацинт
и повелел согреть. Но и сама я зябну,
охрипла. Пусть другой пребудет голосист,
не подлежащий холода предзнанью.
Ни в ум, ни в дом мой нет вхожих ходоков
иль, может быть, нет ни ума, ни дома.
Мой лоб уже целует холодок:
да, вечность — я, все сущее — не долго.

2007

СОДЕРЖАНИЕ

Литературно-художественное издание

БЕЛЛА АХМАДУЛИНА

ПРОЩАЙ, ЛЮБИТЬ НЕ ОБЯЗУЙСЯ...

Художественный редактор Валерий Гореликов
Технический редактор Ольга Иванова
Компьютерная верстка Анны Скурихиной
Корректоры Елена Терскова, Станислава Кучепатова
Главный редактор Александр Жикаренцев

Знак информационной продукции
(Федеральный закон № 436-ФЗ от 29.12.2010 г.): 16+

Подписано в печать 05.04.2017. Формат издания 75 × 100 $^{1}/_{32}$.
Печать офсетная. Тираж 2000 экз. Усл. печ. л. 12,69. Заказ № 0450/17.

ООО «Издательская Группа „Азбука-Аттикус“» —
обладатель товарного знака АЗБУКА®
119334, г. Москва, 5-й Донской проезд, д. 15, стр. 4

Филиал ООО «Издательская Группа „Азбука-Аттикус“»
в Санкт-Петербурге
191123, г. Санкт-Петербург, Воскресенская наб., д. 12, лит. А

ЧП «Издательство „Махаон-Украина“»
04073, г. Киев, Московский пр., д. 6 (2-й этаж)

Отпечатано в соответствии с предоставленными материалами
в ООО «ИПК Парето-Принт».
170546, Тверская область, Промышленная зона Боровлево-1,
комплекс № 3А.
www.pareto-print.ru

ПО ВОПРОСАМ РАСПРОСТРАНЕНИЯ ОБРАЩАЙТЕСЬ:

В Москве: ООО «Издательская Группа „Азбука-Аттикус“»
Тел.: (495) 933-76-01, факс: (495) 933-76-19
E-mail: sales@atticus-group.ru; info@azbooka-m.ru

В Санкт-Петербурге: Филиал ООО «Издательская Группа „Азбука-Аттикус“»
Тел.: (812) 327-04-55, факс: (812) 327-01-60
E-mail: trade@azbooka.spb.ru

В Киеве: ЧП «Издательство „Махаон-Украина“»
Тел./факс: (044) 490-99-01. E-mail: sale@machaon.kiev.ua

Информация о новинках и планах
на сайтах: www.azbooka.ru, www.atticus-group.ru

Информация по вопросам приема рукописей и творческого сотрудничества
размещена по адресу: www.azbooka.ru/new_authors/

YVAK1105605R